현세귀환록

현세귀환록 **8** 완결

초판 1쇄 인쇄일 2015년 9월 18일 | **초판 1쇄 발행일** 2015년 9월 22일

지은이 아르케 | **펴낸이** 곽중열 | **담당편집 팀장** 이범수
편집부 신연제 이윤아 김호성 김은경

펴낸곳 (주)조은세상 | **출판등록** 제 2002-23호
주소 경기도 연천군 미산면 청정로 1355
TEL 편집부 02)587-2966 | FAX 02)587-2922
e-mail bukdu@comics21c.co.kr

ⓒ아르케 2014
ISBN 979-11-5832-287-8 | ISBN 979-11-5512-878-7(set) | 값 8,000원

※잘못 만들어진 책은 바꿔 드립니다.
※저자와의 협의에 의해 인지는 생략합니다.

현세귀환록

現世歸還錄

아르케 현대 판타지 장편소설

NEO MODERN FANTASY STORY & ADVENTURE

8

완결

북두
(주)좋은세상

CONTENTS

NEO MODERN FANTASY STORY & ADVENTURE

現世
歸還錄

1장. 격돌

NEO MODERN FANTASY STORY & ADVENTURE

현세귀환록

1장. 격돌

　새로이 몸을 얻어 자신감이 붙은 바스라는 백무성의 다소 비꼬는 듯한 말에도 자연스럽게 받아넘기며 대답하였다.

　"보시다시피 좀 달라졌지 않소? 이번엔 쉽지 않을 것이오."

　"껍데기는 달라졌군. 하지만 알맹이는 그대로인데?"

　그렇게 대답하는 백무성의 내심은 말과는 달랐다.

　'이 자의 기운이 과거 그때보다 훨씬 높아졌군. 단순히 몸만 입은 것이 아니라는 것인가?'

　그 때 바스라와 백무성이 나누는 이야기를 듣던 아바투르가 바스라에게 물었다.

"저자가 네가 전에 말했던 라이트 소더인 것이냐?"

"네, 주군. 그 때는 피할 수밖에 없었지만, 이제 몸도 얻었으니 한번 제대로 상대해 보겠습니다."

바스라는 자신감 있는 모습으로 말했지만, 아바투르는 잠시 백무성을 바라보며 그의 경지를 가늠하더니 다소 부정적으로 바스라에게 말을 건냈다.

"마계에서의 네 몸이라면 모를까 지금 상태로는 승부를 장담하기 힘들겠군. 아니, 조금 밀린다는 것이 더 맞는 말이겠지."

"…그래도 마기 폭발을 이용한다면 해 볼만 하지 않겠습니까?"

밀린다는 말에 자존심이 상한 것이었는지 바스라는 마기 폭발까지 꺼내면서 반문하였다.

"마기 폭발을 한다면 지금 몸이 버틸 수 있겠느냐? 그렇게 지금 쓰는 몸이 죽고 나면 어쩔 수 없이 마계로 귀환해야 할텐데, 그러기엔 아쉽지 않으냐?"

"그렇긴 하지만…."

"되었다. 저 놈은 내가 상대 할테니, 넌 저 놈 뒤에 있는 그랜드마스터급의 인간들이나 상대를 하거라."

아바투르의 말에 바스라는 어쩔 수 없다는 표정을 지으며 백무성 뒤쪽에 도열하고 있는 그의 수하들을 바라보았다.

지금 백무성이 데려온 인원들은 백두일맥이 가진 전력의 거의 대부분이라고 할 수 있을 정도로 막강한 전력이었다.

특히, 50대 정도로 보이는 5명의 대머리 중년인들은 엄청난 기세를 뿜어내며 백무성의 말이 떨어지면 곧장 공격을 할 준비를 하고 있었다.

그리고 이곳에는 백두일맥만 온 것은 아니었다. 백무성의 친우이자 금강선원의 주인인 대각선사 역시 함께 하고 있었다.

잠시 중년인들의 기세를 본 대각선사는 흐뭇한 표정을 짓더니 백무성에게 말을 건넸다.

"무성. 아이들이 참기 힘든 것 같은데 이제 그만 시작하는 것이 어떤가?"

"허허. 참기 힘든 건 아이들이 아니라 자네가 같은데 말일세."

"이 사람도 참… 그래. 맞네. 항마금강이 세상에 모습을 드러낸다 생각하니 내가 다 떨리는 구만."

"그래. 30년간의 결실이 드디어 세상에 보여 지는군."

"아이들의 희생이 헛된 일이지 않아야 할텐데…."

희생이라는 말이 나오면서 잠시 백두일맥 분위기는 숙연해졌다. 그런 분위기를 깨기라도 하는 듯 백무성은 다소 강한 어조로 입을 열었다.

"…만약 우리가 말세를 이겨낸다면 다른 사람은 몰라도 우리는! 먼저 간 이들의 희생을 기억하고 잊지 말아야 할 것이다. 알겠나!"

백무성의 목소리에 담긴 심정을 알았는지 백두일맥의 모두는 진지한 표정을 하고 진심으로 대답하였다.

"네! 가주님!"

과거 선법과 술법에 관심이 많았던 대각선사는 여느 때와 같이 천기(天氣)를 가늠하고 있었는데, 우연찮게 천기의 큰 흐름의 일부를 엿볼 수 있었다.

그것은 당시 대각선사의 수준으로는, 아니 지금의 대각선사의 수준이라도 보기 힘든 천기의 흐름이었으나 천기와 지기와 인기가 맞아 떨어지면서, 그가 보기 힘든 오묘한 하늘의 기운을 잠시나마 볼 수 있었던 것이었다.

그리고 그 기운이 의미하는 바는 몇 십 년 뒤에 이 세상에 말세가 도래한다는 내용이었다.

이후 고민에 고민을 거듭하던 대각선사는 이 사실을 친우인 백무성에게 이야기하였고, 대각선사의 말을 믿은 백무성은 대각선사와 함께 말세에 대한 대비를 하기 시작하였다.

그렇게 둘은 많은 것을 이야기하고 많은 것을 준비 하였다. 그리고 지금 이 다섯 명의 중년인들은 둘이 준비했던 말세에 대한 대비책 중 가장 심혈을 기울인 사람들이라 할 수 있었다.

이 다섯 명의 중년인은 백무성이 젊은 시절 우연히 구했던 항마금강(降魔金剛)의 연신법(鍊身法)과 연혼법(鍊魂法), 연단법(鍊丹法)을 토대로 구현한 전설상으로만 존재하였던 항마금강승들인 것이었다.

항마금강승은 그릇된 것, 부정한 것들을 징치하는 항마(降魔)의 능력을 지닌 무적의 금강승(金剛僧)을 의미하는 말로 전설로 구전되기만 하였을 뿐 실제로 출현한 기록은 한 번도 없었다.

백무성 역시 항마금강의 연신, 연혼, 연단법을 입수하였음에도 대각선사의 예언을 듣기 전까지는 그것을 구현할 생각을 전혀 하지 않고 있었다.

그 이유는 추상적이고 모호한 항마금강의 수련법을 해석하는 것도 엄청나게 어려웠지만, 그것보다 항마금강승이 되는 수련법 자체가 처절한 고통을 수반한다고 알려져 있었기 때문이었다.

지금 이 곳에는 다섯 명의 항마금강승이 있었지만, 처음이 금강승의 후보로 항마금강법을 시도한 사람은 108명이었다. 108명이었던 이유는 108 항마금강승을 만들어보자는 백무성과 대각선사의 염원 때문이었다.

하지만 5명을 제외한 나머지 103명 중 55명은 불구자가 되어 제대로 된 일상생활을 할 수도 없는 상황이 되었고, 32명은 실혼인이 되어 식물인간 상태가 되어버렸다. 그리고 남은 16명은 돌아오지 못하는 강을 건너고 말았다.

그것도 백무성과 대각선사가 할 수 있는 모든 것을 동원하였기에 5명의 항마금강승을 완성하고 실패자들도 불구자이지만 살아남을 수 있었던 것이지, 평범한 사람이 이런 일을 시도했다면 모두 죽음으로 끝나고 말았을 가능성이 높았다.

물론 처음 시작할 당시만 하더라도 이런 희생이 있을 것이라고는 백무성도 대각선사도 생각하지 못했다. 또한 대부분 20대였던 지원자들 역시 이런 희생이 있을 것이라 짐작하지 못하고 있었다.

아마 이런 희생이 있는 것을 알았다면 지원자들이 스스로 하자고 한다 하더라도 결코 백무성과 대각선사는 이런 일을 시작하지 않았을 것이었다. 그러나 한번 항마금강의 수련법에 들어간다면 적어도 연신법이 끝나기 전에는 그것을 중단할 수 없었다.

항마금강신을 완성하지 않고 항마금강의 수련법을 끝낸다면 체내에서 작용하는 항마금강요결에 의해서 온 몸이 뒤틀리게 되어 결국 불구자의 몸이 되고 말기 때문이었다.

그렇게 10년의 시간 동안 항마금강신을, 다음 10년간 항마금강혼을, 마지막 10년간 항마금강단을 연성한 사람은 고작 5명에 불과하였다.

한 단계 한 단계의 수련을 거칠 때마다 수십명의 사람들이 불구자가 실혼인이 되어버렸고, 그 때마다 백무성과 대각선사는 이 수련법을 폐기하려 하였다.

하지만 살아남은 수련자들이 동료들의 희생을 헛되게 하지 말라며 오히려 백무성과 대각선사를 다그쳤기에 결국 이렇게 다섯 명의 항마금강승이 탄생하게 된 것이었다.

"이제 할 말은 다 끝났나?"

백두일맥에서 흐르고 있던 숙연한 분위기는 아바투르의 말과 함께 깨어졌다. 그리고 숙연했던 분위기만큼 그것을 깬 당사자에 대해 타오르는 분노의 불길 역시 거세었다.

그런 분위기를 나타내 주는 듯 선두에 있던 백무성이 강한 말투로 아바투르에게 쏘아붙였다.

"네 놈과 네 놈이 이끄는 악마들을 시작으로 앞으로 인간세상이 겪을 말세의 환란을 우리의 손으로 꺾어내고 말겠다!"

"크크큭. 고작 그 정도 능력으로 그런 말을 하는 것이냐? 바스라!"

"네! 주군!"

"저기에서 눈을 부라리고 있는 대머리들을 치워버려라. 난 이 앞에 서 있는 늙은이를 처리 할테니 말이야."

"네, 알겠습니다."

바스라는 백무성을 상대하고 싶었지만, 주군인 아바투르의 말을 거스를 수 없었기에 다소 불만족스러운 얼굴로 다섯 명의 항마금강승에게 천천히 걸어갔다.

또한 백무성은 아바투르를 향해서 자신의 환도를 빼어들고 자리를 옮겼기에 이제 전장은 크게 두 군데로 나뉘어졌다.

원래 드미트리를 처리하려던 드레이크는 백무성이 중간에 끼어들고 아바투르가 나섬으로 인해서 잠시 뒤로 물러선 상태였기에, 이 두 대결을 제외하고는 다른 전투는 일체 벌어지지 않고 있었다.

모두가 이 전투, 아니 전쟁이라 할 법한 대규모 항쟁의 결말은 지금 벌어질 두 대결의 결과에 따라서 갈려질 것임을 알고 있었다.

최초의 움직임은 항마금강승부터였다. 항마금강승은 다섯이 모두 비슷한 차림에다 모두 대머리인 상태였기에 단순 외형만으로는 누가 누군지 구분이 쉽지 않았다.

하지만 무슨 의미인지 다섯 명의 금강승은 각각 흰색, 빨간색, 파란색, 노란색, 검은색의 천으로 된 허리띠를 하고 있었기에 외모보다도 더 명확하게 서로가 구분되는 상태였다.

그 중 먼저 움직인 금강승은 흰색의 허리띠를 한 금강승이었다. 흰색 띠의 금강승이 이들의 수좌(首座)인지 다른 금강승들에게 눈짓을 하였고 이내 다섯 명의 금강승은 바스라의 주변을 에워쌌다.

하지만 이제 몸을 얻어 검강을 넘어 광검을 시전 할 수 있는 바스라는 금강승들의 그런 움직임에도 여유 있는 표정으로 그들의 행동을 지켜보고만 있었다.

그리고 금강승들이 어느 정도 자리를 잡자 바스라가 이죽거리며 입을 열었다.

"이제 준비는 끝난 것이냐?"

바스라의 말에 흰색 띠 금강승이 다소 섬뜩한 미소를 짓더니 조용히 대답하였다.

"나중에 저승사자를 만나거든 네 놈의 그 자만심이 네놈을 죽였다고 말해주거라."

금강승의 담담한 말에도 바스라는 별 대꾸도 하지 않았다. 광검지경과 검강지경의 차이는 일반인과 마스터의 격차만큼 컸기 때문이었다.

다섯 명의 마스터가 있다 하더라도 한명의 그랜드 마스터를 이기기 어려운 것만큼, 지금 이 금강승들은 다섯 명모두 그랜드마스터 경지였지만 광검지경의 바스라는 손쉽게 해치울 자신이 있었다.

다만, 아직 완전히 몸에 적응한 상태는 아니니 천천히가지고 놀면서 적응을 해볼 생각이었다. 다섯 명의 그랜드마스터라면 적응도는 확실히 올릴 수 있을 것이라는 판단이 들었다.

그 때 흰색 띠의 금강승이 외마디 진언을 외쳤다.

"옴!"

그 진언이 신호가 된 것인양 다른 금강승 역시 각기 진언을 발하기 시작했다.

"파드마!"

"마하!"

"무드라!"

"즈바라!"

이 다섯 명의 진언이 합일 되자 지금까지와는 다른 무언가 기이한 기운이 펼쳐지며 바스라를 덮쳤다.

다섯 금강승 가운데에 있던 바스라는 자신을 덮쳐 온 기운에 깜짝 놀라며 외쳤다.

"뭐냐!"

바스라가 당황할 만도 한 것이, 금강승들이 뿜어낸 기운은 바스라가 가진 마기와 상극이었는지 체내의 마기를 조금씩 조금씩 희석시켜나가기 시작하였다.

좀 더 시간을 주면 자칫 위험할 지도 모른다는 생각에 바스라는 적응도를 올리려는 생각을 포기하고 적극적인 공세를 펼치기 위해서 마기를 집중하였다.

하지만 금강승이 펼친 기운은 한가지의 능력만 있는 것이 아니었다. 아니 크게 보면 한가지일 수도 있었다. 바로 모든 사악한 기운을 부정하는 능력이었다.

이 능력은 바스라가 마기를 집중하는 것조차 방해하고 있었다.

"크윽… 대체…."

바스라는 곧장 광검을 발현하여 이 금강승들을 쓸어버리려 하였지만, 지금 그의 검에 서린 기운은 광검이 아니라 검강이었다.

그나마 바스라 정도의 경지가 되니 검강이나마 발현한 것이지, 단순 그랜드마스터였다면 검기조차 발현하기 힘들었을 수도 있었다.

"어때? 지금도 해볼만하다는 생각이 드는가?"

흰색 띠의 금강승이 다소 비웃는 듯 하는 말에도 바스라는 대답조차 할 수 없었다. 사방에서 자신을 죄여드는 압력이 점점 더 강해지고 있었기 때문이었다.

조금 전 금강승이 했던 자만심이 자신을 죽인다는 말이 무슨 뜻인지 이해가 갔다.

이들이 이런 기술을 펼치기 전에 전력을 다해서 해치웠어야 했다는 생각이 바스라의 뇌리를 스쳐지나갔지만, 이미 시기는 늦었다.

비틀거리는 바스라가 어렵게 검강을 발현 시키고 있는 것과는 대조적으로 다섯 명의 금강승은 손쉽게 각자의 계도에 도강을 불어넣더니 전투 준비를 마쳤다.

다섯 개의 검강이 발현되면서 전장의 분위기는 점점 고

조되어 갔고 팽팽하다 못해 터질 듯한 긴장감이 사방에 흘렀다.

하지만 금강승들은 바스라에게 섣불리 접근하지 않았다. 지금 바스라의 상황이 좋지 않긴 하였지만, 금강승 하나하나보다는 그가 월등히 강했기에 비록 바스라가 제 컨디션이 아니라 해도 금강승들은 그를 쉽게 보지 않았다.

그러나 언제까지나 이렇게 있을 수는 없는 노릇이었다. 그래서 자신들의 봉마진이 어느 안정화 되었다고 판단한 흰색 띠의 금강승은 지금까지 하고 있던 기마자세를 풀고 기를 집중하더니 서서히 계도를 머리 위로 올렸다.

금강승의 모습에 바스라 역시 공세가 시작될 것임을 직감하고 흩어지려는 마기를 부여잡고 사방으로 기파를 뿌려내며 전투 준비를 하였다.

이윽고 흰색 띠의 금강승이 금강배불(金剛拜佛)의 식으로 계도를 상단에서 하단으로 뿌렸고, 이것이 신호나 된 듯 나머지 네 명의 금강승 또한 공세를 펼치기 시작했다.

휘익!

쾅! 쾅! 쾅! 콰앙~ 퍼억~!

썩어도 준치였다. 아무리 바스라가 금강승들의 봉마진에 빠져 광검를 뽑아내지는 못한다 하더라도 기본 실력은 금강승보다 높았다.

그렇기에 다섯 명의 금강승이 폭풍 같은 도세를 날렸지
만, 바스라는 모조리 막아내었고 심지어 마지막으로 공격
한 적색 띠의 금강승에게는 발차기까지 날리며 타격을 주
었다.

하지만 치명상은 아니었기에 적색 띠의 금강승은 곧바
로 전장으로 다시 뛰어들었고, 수레바퀴처럼 재차 몰아치
는 다섯 금강승들의 공세에 바스라는 조금씩 조금씩 밀리
기 시작하였다.

그렇게 반복되는 공방에 조금씩 상처가 늘어나던 바스
라는 이 상황을 타개하기 위해서는 특단의 조치가 필요하
다는 것을 인정할 수밖에 없었다.

'이대로라면 힘들다… 강제귀환 될지도 모르겠어. 크
윽… 이딴 놈들한테 이걸 쓸 줄은 몰랐군. 일단 이 공격의
흐름을 끊어 시간을 벌어야겠군.'

무언가 결심한 바스라는 자신의 롱소드에 막대한 마나
를 불어넣은 후 바닥을 찍었다.

콰앙~!

바스라의 검에 서린 마나는 대지의 마나와 충돌을 하였
고 사방으로 엄청난 충격파를 터트렸다.

그 충격파에 돌아가는 바퀴와 같은 차륜전으로 바스라
에게 공격을 가하던 금강승들의 공세는 잠시 멈출 수밖에
없었다.

하지만 큰 공격 뒤에는 언제나 허점이 생기기 마련이었다. 이런 공격을 했다면 순간적으로는 마나출력이 떨어질 것이 당연하였기에, 눈빛을 주고받은 금강승들은 충격파가 끝나는 시점을 노리기 위해서 모두들 계도에 서린 푸른 빛의 도강을 더 날카롭게 세웠다.

역시 금강승들의 생각처럼 충격파는 계속될 수 없었다. 파장이 약해질 때를 노리던 금강승들은 충격파의 힘이 줄어드는 시점에 일제히 공격을 펼쳐냈다.

그 때였다. 조금 전의 충격파보다도 훨씬 강한 힘이 바스라의 몸을 중심으로 터져 나오면서 다섯 금강승들을 덮쳤다.

쿠아아앙!

큰 공격 뒤에 딜레이도 없이 이어서 큰 공격을 하리라곤 생각하지 못한 금강승들은 이번 공격에 큰 충격을 받고 뒤로 튕겨나갔다.

이번 바스라의 공세에 안정화 되었던 봉마진조차 크게 흔들리며 다소 불안한 상태로 변해버렸다.

"크윽… 역시 한수가 있군. 하지만 그 공격에 이어서 또 다시 저런 공격을 펼쳤다면 저 놈 역시 좋은 상태는 아닐 것이다. 빨리 끝내자!"

큰 충격을 받기는 하였지만, 전투불능의 치명상은 아니었다. 적색 띠의 금강승이 개 중 실력이 가장 떨어지는지 충격에서 회복되는 것이 느렸지만, 그 역시 전투불능의 상태는 아니었다.

한편, 흰색 띠의 금강승의 말처럼 바스라는 큰 충격파를 내보낸 뒤 그 중심에서 잠시 고개를 숙이고 있었다.

마치 전투 불능이 된 것처럼 보이는 바스라의 모습에 가장 많은 타격을 입은 적색 띠의 금강승이 자신이 끝내고자 하는 욕심을 감추지 않고 공세에 나섰다.

바스라의 지척까지 접근하였음에도 그가 움직이지 않자, 적색 띠의 금강승은 자신이 마무리를 한다는 생각에 회심의 미소를 지었다.

그리고 푸른 도강을 드리운 계도를 천지분획(天地分劃)의 식으로 강하게 내리그었다.

카앙~!

하지만 그의 계도는 뜻을 이루지 못하였다. 아무것도 보이지는 않았지만 바스라 주위 대략 1미터 정도에는 그를 보호하는 투명한 구체가 나타나 있었기 때문이었다.

그리고 숙이고 있던 고개를 번쩍 든 바스라는 잠시 멈칫하고 있는 적색 띠의 금강승의 목덜미를 잡아챘다.

덥석!

"크크큭. 한 놈만 걸린 것인가?"

"커헉… 저…. 전투불능이 아니었다는 말인가?"

"전투불능은 무슨…. 네 놈들의 이상한 진법만 아니었

어도 마기 폭발까지 사용하지는 않았을텐데… 어쩔 수 없지. 이왕 이렇게 된 것 네 놈들이라도 다 해치우고 가야겠군."

바스라가 잠시 고개를 숙이고 침묵하고 있었던 이유는 마기폭발 후 급증한 마기와 체내의 상태를 맞추기 위한 동조화 과정 때문이었다.

그리고 이 동조화가 이루어질 때에 급증한 마기가 체외로 배출되어 잠시 시전자를 보호하는 보호막의 형태로 작용하는데, 그 순간에 적색 띠의 금강승이 난입한 것이었다.

나머지 금강승들은 자신의 동료가 바스라의 손에 잡히는 것을 보고 크게 놀라며 소리쳤다.

"적승!"

바스라는 자신을 힘들게 했던 금강승들이 괴로워하는 것이 재미있기나 하는 듯 이죽거리며 그들에게 말했다.

"역시 동료애는 있나보지? 그렇다면 이렇게 한다면 어떨까?"

바스라는 적승을 잡고 있는 손아귀에 점점 힘을 주기 시작했고, 이미 신체의 통제권을 완전히 잃은 적승은 몸을 움직이지 조차 못하고 얼굴만 붉게 달아오르기 시작했다.

"그만둬라!"

고통 속에서 눈마저 까뒤집어지려 하는 적승을 보다 못한 흑색 띠의 금강승이 고함을 치면서 공격을 펼쳐냈다.

　하지만 그의 공격은 중간에 멈추고 말았다. 그것은 바스라가 몸을 움직이면서 적승의 몸이 공격로에 놓여 졌기 때문이었다.

　"크윽…."

　"하하하하. 이거 재미있는데? 계속 이렇게 놀고 싶지만, 나도 마기폭발을 사용한 이상 시간이 얼마 남지 않았군. 이제 슬슬 끝내보자. 마음 같아서는 저기 늙은이도 내 손으로 끝장내고 싶지만. 저자는 주군이 처리한다 했으니 나머지 놈들이라도 내가 모조리 처리해야겠다."

　퍼억! 데구르르…

　말을 마친 바스라는 웃으면서 다시금 적승을 잡고 있는 손아귀에 힘을 주었고, 적승의 목이 터져나가면서 그의 머리는 몸에서 분리되어 바스라의 발치를 뒹굴렀다.

　"적승!"

　"이 노옴!"

　"죽여버리겠다!"

　수십년을 함께 고련한 동료의 죽음에 모든 금강승들은 극도의 분노에 차올랐다.

　금강승들이 분노하는 것에도 아랑곳 않고 바스라는 한결 낫다는 표정으로 그들에게 말했다.

"한 명만 줄여도 움직이기가 훨씬 낫군. 역시 그 이상한 진만 아니었어도 네 놈들 따위는 식은 죽 먹기였을 건데 말이야. 근데 어차피 우린 생사결로 싸우고 있는데 이렇게 한 놈 죽었다고 흥분한다면 어쩌나?"

식은 죽 먹기라는 말에 충혈된 눈을 한 흰색 띠의 금강승은 내뱉듯이 외쳤다.

"식은 죽 먹기? 그래 그 식은 죽에 목이 막혀 죽어봐라. 준비하라! 멸마진(滅魔陳)이다."

뒤의 말은 나머지 금강승들에게 한 말이었다. 나머지 금강승들 역시 적승의 죽음에 극도로 분노한 상황이라 항마진, 복마진을 제치고 최후의 단계인 멸마진을 꺼내어 든 흰색 띠의 금강승의 말에 거부의 의사를 보이지 않았다.

또한 단순히 화가 났기 때문에 멸마진을 시전하려는 것은 아니었다. 멸마진 정도는 펼쳐야 바스라를 제압할 수 있다는 생각 역시 포함된 판단이었다.

"또 진이냐? 미안하지만 이번에는 두고 보지 않겠다."

조금 전에 진에 당한 바스라는 이번에는 그것을 시전 할 기회조차 주지 않기 위해서 재빨리 몸을 움직였다.

마기 폭발을 사용하여 순간적인 출력은 마계에 있을 때와 거의 동일해진 바스라는 펼쳐진 봉마진에도 불구하고 기어이 광검을 꺼내어 들었다.

끼이이잉!

마치 유리를 긁는 듯한 소리를 내며 바스라의 검에는 회색에 가까운 탁한 빛이 깃들었는데 그 속에 담긴 파괴력에 항마승들은 몸까지 떨릴 지경이었다.

하지만 항마승 역시 항마금강대진 중 최후의 비기인 멸마진을 꺼내어 든 상태였다. 별도의 진언도 없이 네 항마승의 몸에서는 가공할 만한 기운이 뿜어져 나와 기존의 봉마진에 흘러들어갔다.

봉마진은 기이한 기운이 있다는 것 말고는 육안으로 볼 수 있는 것이 없었는데, 멸마진은 진이 펼쳐진 곳에 황금색 기운이 서려 밖에서도 진이 펼쳐져 있다는 것을 명확히 알 수 있게 하였다.

더군다나 진 안에 있는 존재는 황금빛 광채와 가공할 만한 압력에 오감을 상실한 것과도 같은 효과를 받고 있었다.

그렇게 멸마진이 가동되며 황금빛 광채가 사방을 비추자 바스라의 혼탁한 빛의 광검 역시 힘을 잃어가기 시작했다. 멸마진의 기운이 마기를 억누르며 광검의 발현 자체를 막아내고 있었기 때문이었다.

"크윽… 네 놈들 역시 한 수가 있었구나. 하압!"

바스라는 사그라드는 광검을 억지로 유지하며 내뱉듯이 항마승들에게 말하더니 기합을 넣었다.

마기폭발까지 사용한 상황에서 이대로 항마승들에게 밀린다는 것은 그의 자존심이 허락하지 않았기에 바스라는 온 몸을 짓누르는 멸마진에 대항하여 신체의 마기를 끌어모았다.

바스라의 정신력에 흩어지는 마기가 그의 몸 주위를 맴돌며 힘들지만 광검의 운용을 가능하게 하였다.

그러나 이것은 일시적인 상황인 것이지 오래 유지할 수 있는 상황은 아니었다. 바스라 역시 그것을 알기에 그는 이를 악물고 멸마진의 압력을 뿌리치며 걸음을 옮기기 시작하였다.

멸마진 내에서 마기를 가진 존재는 단지 걸음을 옮기는 것조차 쉬운 일이 아니었다. 멸마진에서 뿜어져 나오는 엄청난 압력이 그의 움직임 하나하나를 방해하고 있었기 때문이었다.

하지만 바스라는 광검을 운용하고 있었기에 혼탁한 빛의 광검으로 멸마진에서 흐르고 있는 힘의 흐름을 하나씩 잘라가며 자신이 운신할 수 있는 폭을 넓혀 나갔다.

멸마진은 항마승과 직접적인 교류를 하고 있는지 진의 기운이 바스라의 광검에 잘려 나갈 때 마다 항마승들은 입에서 울컥울컥 피를 토해내었다.

바스라 역시 억지로 광검을 운용하느라 입에서 한줄기 핏물을 흘리고 있었는데, 그 광경이 마치 누가 먼저 쓰러지는지 치킨게임을 하는 것처럼 보였다.

언 듯 보아서는 멸마진을 기운을 잘라내고 있는 바스라가 유리해보였으나, 바스라는 마기 폭발을 통해서 일시적으로 마기를 불러온 것이기 때문에 시간상의 제한이 있었다.

만일 이대로 시간이 계속 가서 마기폭발의 시간제한이 끝난다면 바스라는 광검을 발현하지 못할 것이고, 광검을 사용하지 못한다면 멸마진을 파훼할 수 없어 결국 멸마진의 압력에 눌려 전투불능의 상태가 되고 말 것이었다.

그리 된다면 항마승들은 바스라의 목을 따버릴 것이니, 바스라의 움직임에는 여유가 없었다.

파츠츠츠~ 파팍! 치이익!

마기 폭발의 제한시간이 다되어 가서 그런 건지, 멸마진의 기운이 많이 줄어들어서 그런 건지 바스라의 칼질은 점점 더 빨라졌다.

그렇게 멸마진의 기운은 누더기처럼 변하는 동안, 네 명의 항마승들의 입가는 피범벅으로 변해있었다. 멸마진의 기운이 상처 입는 만큼 그들의 내상도 깊어졌기 때문이었다.

문제는 더 이상 멸마진의 기운이 잘려나간다면 멸마진 자체가 파훼될 수 있다는 것이었다. 바스라 역시 좋은 상황은 아니었지만, 네 항마승 보다는 나은 상황으로 보였다.

이런 현황을 파악한 흰색 띠의 항마승은 이를 악물며 눈을 빛내다가 다른 항마승들에게 전음을 보냈다.

[흑승, 청승, 황승! 잠시 후 진에서 빠질 테니 잠시만 내 몫을 맡아주게!]

다섯 명이서 연습하던 것을 네 명이서 하는 것도 힘든 상황에서 수장 격인 백승이 진에서 빠진다고 하자 다들 깜짝 놀라 그를 바라보았다.

그런 놀람에 대답을 해주기나 하는 듯 백승은 말을 이어갔다.

[이제 나는 멸마분신(滅魔焚身)을 펼칠 생각이네.]

멸마분신이라는 말에 항마승들은 진에서 빠진다고 할 때보다 더 크게 놀라며 그에게 전음을 날렸다.

[대주!]

[아니되오!]

[그만두시오!]

백승은 다른 항마승들의 전음에도 아랑곳 않고 그의 말을 계속 했다.

[만일 멸마진이 깨어진다면 우리 모두는 다 같이 엄청난 내상을 입을 것이고 그렇게 된다면 저 악마 놈을 막을 수가 없게 될 걸세. 멸마분신이라면 저 악마 놈을 잡을 수 있을 것이야.]

[그렇지만….]

[어쩔 수 없네. 그럼 난 가네!]

[으윽… 대주!]

다른 항마승들이 더 설득하기 전에 백승은 진의 유지에서 벗어나 서둘러 멸마분신의 식으로 기를 순환시켰다.

이윽고 백승의 단전에서 한줄기 황금색 불꽃이 피어오르더니 그의 몸 전체를 휘감아 버렸다. 불꽃 속에서도 아직 의식이 있는지 백승은, 아니 황금색 불꽃은 황금빛 기운이 가득한 멸마진 속으로 내달렸다.

반면 백승의 이탈로 갑자기 진의 기운이 약해지는 것 같자, 드디어 진의 파훼가 성공한 것이라 오해한 바스라는 득의의 미소를 지으며 진을 완전히 깨부수려 하였다.

그 때 그의 앞에서 사람 크기의 불덩어리가 다가왔다. 그의 경지라면 이런 불덩이의 등장을 모를 수가 없었지만, 지금 바스라는 멸마진 안에서 오감을 차단당한 것이나 마찬가지인 상태였기 때문에 불덩이가 지척에 이를 때까지 알아채지 못했던 것이었다.

하지만 이 정도 공세는 피하거나 잘라버리면 그만이었다. 바스라는 쓸데없는 마기 낭비를 하지 않기 위해서 일단 몸을 피하는 방법을 선택하였는데 추적기능이 있는지 이 불덩이는 바스라를 쫓아 왔다.

어쩔 수 없이 바스라는 광검을 휘두르며 불덩이를 쪼개어 잘라버리려고 롱소드를 휘둘렀다.

콰아앙~~!

바스라의 광검과 부딪힌 불덩이는 잘라지는 것이 아니라 엄청난 폭발음과 함께 터져버렸다.

뜻밖의 상황에 바스라는 몸을 보호하기 위해 마기를 집중하여 호신막을 만들어내었다. 그러나 터져버린 불덩이의 파편들은 사그라드는 것이 아니라 호신막에 붙어서 그대로 다시 타오르기 시작했다.

단순한 불길이었다면 바스라의 호신막에 그냥 사라졌을 것이지만, 이 불길은 단순한 불길이 아니었다. 백승이 살신성인의 자세로 마(魔)를 멸하기 위해서 만든 멸마의 불길이었다.

그래서 그런지 이 불길은 바스라의 호신막을 야금야금 갈아먹으면서 불길의 범위를 넓혀가기 시작했다.

"어헛!"

생각지도 못한 상황이 벌어지자 바스라는 순간적으로 당황하였지만, 그 역시 보통의 악마가 아니었다.

다시금 마기를 집중하여 호신막을 크게 키운 후에 일순간 없애며 그 자리를 벗어났다. 금선탈각의 계책이었다.

문제는 이 불길을 그 정도 방법으로는 피할 수가 없다는 것이었다. 마치 지능이라도 있는 거처럼 불길은 호신막이 사라지자 바닥에 떨어지는 것이 아니라 다시 바스라에게 날아갔다.

금강승의 몸을 태워 만든 이 멸마의 불꽃은 멸마진 안에서라면 이동에 제한이 없었고, 마기를 추적할 수 있는 공능까지 있었다.

그래서 이론상으로는 진 안에 들어온 마기를 소멸시킬 때까지는 무한정으로 움직일 수 있었다. 하지만 광검에는 타격을 받는 것인지 확실히 처음보다는 크기가 줄어 있었다.

이 사실을 알아챈 바스라는 몇 번이나 광검으로 불꽃을 잘라내어 그 크기를 줄여나갔다. 십수차례의 칼질 끝에 처음에는 성인남자 크기만 하던 불꽃은 이제 어린아이 정도의 크기로 줄어들어버렸고 몇 차례만 더 잘라낸다면 완전히 불꽃을 없애버릴 수 있을 것이라 판단했다.

바스라는 이 불꽃만 없다면 이미 약해질 대로 약해진 멸마진을 파훼하고 나머지 금강승까지 해치우는 것도 식은 죽 먹기라는 생각이 들었다.

그러나 모든 것이 그의 생각대로 되지는 않았다.

콰앙!

바스라가 어린아이 크기만 하던 불꽃을 잘라냈을 때 이 불꽃은 처음에 나타났을 때와 같이 폭발해버렸기 때문이었다.

"크으!"

하지만 바스라는 다시금 버텨내었다. 뜻밖의 폭발이었

지만 수많은 전투 경험이 있는 바스라는 그런 긴급 상황에도 충분히 대처할 만한 역량이 있었던 것이었다.

더군다나 이번에 터진 불꽃은 조금 전처럼 합쳐지지도 않고 사라져버렸기에 이제 끝났다고 생각한 바스라는 회심의 미소를 지으며 말했다.

"이제 끝인 건가? 내가 마기 폭발까지 사용했으니 저승에 가서 자랑해도 될 것이야. 크크큭."

그렇게 마무리를 하기 위해서 다시 마기를 집중하고 있는 바스라의 기감에 뭔가 이질적인 것이 느껴졌다.

조금 전 터져서 사라진 불꽃들의 기운이었다.

"이거 참 질기군. 그렇게 사라진 것이 아니었….. 허억!"

다시 불꽃이 나타난 줄 알고 귀찮다는 듯이 말을 하던 바스라는 끝까지 말을 잇지 못하고 큰 경호성으로 말을 마쳤다.

그럴 수밖에 없는 것이 지금 엄청난 불길이 그의 사방 아니 상하까지 전 방위를 둘러싸고 맹렬하게 타오르고 있었기 때문이었다.

호신막을 두른 바스라는 광검으로 불길을 자르며 이곳을 피하고자 하였다.

하지만 잘라내어 피한 곳에도 여전히 불길은 있었고 결국 바스라는 호신막으로 불길을 받을 수밖에 없었다.

"크윽… 이… 이 기운은….."

직접 불길에 닿자 그제야 바스라는 이 불꽃이 어디서 온 것인지 알 수 있었다.

지금 멸마진 전체가 타오르며 바스라를 태우고 있었던 것이었다. 멸마분신이 시전 되어야 사용할 수 있는 멸마진의 최후의 수단, 천마멸(天魔滅)이었다.

"으윽…. 윽…."

천마멸의 불길은 바스라의 마기를 분쇄하며 호신막까지 태우기 시작했고, 이제 바스라는 호신막이 없이 직접 몸으로 천마멸의 불길을 받아야 했다.

그리고 마를 멸하는 천마멸의 불길은 악마대공이라는 지고한 자리에 있는 그라도 버틸 수가 없었다.

얼마의 시간이 지났을까? 타오르고 있던 멸마진, 아니 천마멸의 중심에서 한줄기 비명이 터져 나왔다.

"크아아악!"

바스라의 단말마였다. 그렇게 비명소리가 나온 지 십수 초가 지나자 드디어 천마멸의 불길은 거두어졌다. 마기가 완전히 소멸해 버렸다는 것이었다.

실상은 강제귀환이었지만, 어쨌든 멸마진 안에 있던 모든 마기는 사라진 상태였다.

털썩~

그리고 힘을 다 썼는지 멸마진을 유지하고 있던 흑승, 청승, 황승은 탈진하여 그 자리에 쓰러지고 말았다.

결국은 다섯 금강승 중 두 명이 희생하여 악마대공 바스라를 잡아낸 것이었다.

짝짝짝~

그들의 전투가 끝나자 어디선가 박수 소리가 들려왔다.

"생각치도 못한 전개인데? 바스라가 그렇게 갈 줄이야. 마기폭발까지 사용한 바스라를 그렇게 보내다니… 게다가 특이한 기운이 바스라의 마핵까지도 일부 손상시켰군. 마계로 돌아가서 확인해봐야겠지만, 본신의 능력 또한 조금 떨어졌겠는걸."

의외라는 듯한 말투로 말을 하는 사람은 바로 아바투르였다. 금강승들과 바스라가 전투를 하는 동안 이미 아바투르는 백무성과의 전투를 끝낸 상태였다.

그리고 아바투르가 멀쩡히 서서 이렇게 이야기를 한다는 말은 당연히 그가 조금 전의 전투에서 승리를 했다는 말이었다.

그런 상황을 보여주기나 하는 듯 지금 아바투르의 앞에는 의식을 잃은 백무성이 덩그러니 쓰러져있었다.

높은 경지에서의 전투라서 그런지 백무성의 몸에는 자잘한 상처들은 별로 보이지 않았고, 치명상으로 보이는 상처 하나만이 눈에 띌 뿐이었다. 그의 단전 부근 불의 검에 지져진 듯 한 상처가 바로 그것이었다.

아무래도 광검지경의 초입에 있었던 백무성과 자유로이

광검을 다루는 아바투르 사이의 격차가 생각보다 컸던 것처럼 보였다.

지금 의식을 잃은 채 쓰러져 있는 백무성은 아직 죽음에까지 이르지는 않았지만, 이 상태로 놓아둔다면 얼마 지나지 않아 숨을 거둘 것만 같았다. 그 정도의 치명상이었다.

그렇기 때문에 금강승들이 바스라를 잡았음에도 전투를 지켜보던 백두일맥의 일원들과 루시페르의 잔당들은 절망적인 표정을 짓고 있었다.

이제 아바투르를 상대할 수 있는 사람이 아무도 없었기 때문이었다.

아바투르와 상대가 가능한 사람은 저기 쓰러져 있는 백무성과 바스라를 잡은 다섯 금강승 정도였는데, 백무성은 이미 그에게 패해버렸고, 바스라를 잡은 금강승들 역시 지금 전투불능의 상태였다.

이제 방해자들이 어느 정도 치워진 것 같자, 아바투르는 자신의 뒤에 대기하고 있는 드레이크에게 다시 말을 건넸다.

"자. 이제 너의 복수를 할 시간이다. 약속은 약속이니 지켜야겠지?"

약속을 언급하는 아바투르의 시선을 느낀 드레이크는 얼른 그에게 대답하였다.

"네. 주군께서 이렇게 저와의 약속을 지켜주셨듯이, 저 역시 복수만 끝나면 처음 그 약속대로 주군께 제 영육을 바치겠습니다."

"좋아. 좋아. 그럼 시작 하거라."

"네! 주군."

드레이크 역시 이제 홀가분한 표정으로 드미트리를 향해 걸어가며 말했다.

"이제 우리 사이의 문제도 모두 끝내자."

드레이크의 자신만만한 말투에도 드미트리는 아무 말도 할 수 없었다. 더 이상 그를 막을 자가 없었기 때문이었다.

물론 백무성과 금강승들을 제외하더라도 지금 백두일맥에는 상당수의 강자들이 남아 있었다.

대각선사도 있었고 그 외에도 마스터급의 무력을 지닌 이들도 몇몇 되었기에 이들의 전력을 다한다면 드레이크와 한 번 해볼 만하다 할 수 있었다.

하지만 문제는 드레이크가 아니었다. 바로 백무성을 그리 어렵지 않게 처리한 아바투르가 문제였다.

백무성 정도의 능력만 지니고 있다 하더라도 지금 남아 있는 백두일맥과 루시페르의 일원들을 다 처리할 정도였는데, 아바투르는 그 백무성을 능가하는 무력을 가지고 있었으니 다들 절망적인 표정만을 지을 수밖에 없었다.

그것을 깨달은 드미트리가 입술을 깨물더니 드레이크에게 말했다.

"드레이크! 만일 내가 순순히 목숨을 내 놓으면 여기 있는 사람들을 보내 줄 수 있나?"

드레이크는 뜻밖의 제안에 약간 놀랐다는 표정을 지었지만 그 표정은 이내 비웃음으로 바뀌었다.

"크큭. 이봐 드미트리, 순진한 거야 아님 멍청한 거야. 네 놈 따위의 목숨은 지금 얼마든지 내가 취할 수 있는데 그것을 지금 협상 조건으로 내민다는 것인가?"

드미트리가 말한 제안은 어느 정도 해볼 만한 상황에서나 가능한 것이지, 지금처럼 상대가 압도하는 상황에서는 의미가 없는 제안이라 할 수 있었다.

하지만 드미트리 역시 아무 생각 없이 그런 말을 한 것은 아니었다.

"그럼 이것까지 준다면 어떨까?"

드미트리는 품속에서 손가락 두 개 정도 굵기와 손바닥 정도 길이의 조그마한 막대를 꺼내들며 말했다.

"그… 그것은!"

드미트리가 꺼낸 막대의 정체를 아는지 드레이크는 깜짝 놀라는 얼굴을 하였다.

"그래, 제 2 대행자였던 만큼 역시 바로 알아보는 군. 로드의 인장이다. 만일 다른 이들을 보내준다면 이것까지 순순히 내어 주지."

로드의 인장을 본 드레이크는 잠시 고민에 잠겼다.

'인장이라니… 저것을 흡수한다면 아바투르의 손에서 벗어날 수 있지 않을까? 음… 아니야. 인장을 갖고 있었던 블라디미르 역시 아바투르, 아니 바스라에게조차 이기지 못했지. 그렇다면 킹급 이상의 뱀파이어에겐 큰 도움이 되지 못한다는 말일텐데… 그래도 한 번 발버둥 쳐 볼 수 있지 않을까? 아니야. 어차피 복수만 한다면 난 더 이상 이 세상에 미련이 없다.'

드레이크는 인장을 보며 잠시나마 이런 저런 고민들을 하였지만 결과는 달라지지 않았다. 어차피 복수심만으로 수백년을 살아온 드레이크는 더 이상 세상에 미련이 없었다.

더군다나 이 현장의 주재자는 드레이크가 아니라 아바투르였다. 그가 드미트리와의 약속에 따라 이곳의 잔당들을 보내 준다고 해도 아바투르가 그의 제안을 거절하면 어쩔 수 없는 상황이기에 깨끗이 인장에 대한 욕심을 포기했다.

만일 영혼을 바친다는 것이 어떤 의미인지 알았다면 드레이크의 판단은 달라졌을지 모르지만, 현재 드레이크에게는 지금의 복수만이 중요한 상황이었다.

"좋은 제안이긴 하다만은 더 이상 내게 그런 것은 의미가 없다. 어차피 이번 복수가 끝나면 나 역시 세상에 존재하지 않을테니 말이야."

드레이크와 아바투르간의 약속을 모르는 드미트리는 그의 말을 이해할 수 없었으나, 어쨌든 지금 협상이 결렬되었다는 것은 알 수 있었다.

"크윽…."

그렇게 모든 것이 끝났다고 생각하는 드미트리에게 하늘에서 누군가의 목소리가 들려왔다.

"드미트리! 네 놈 따위가 정의로운 척 하지마라!"

지금껏 상황을 지켜보다가 참지 못하고 터져 나온 정시아의 목소리였다.

"누구냐!"

갑작스레 들려온 목소리에 반응한 것은 자포자기한 드미트리가 아닌 마무리 일격을 가하려던 드레이크였다.

드레이크는 큰 소리로 목소리의 정체를 물으며, 그 목소리가 들려온 쪽을 바라보았다.

목소리를 낸 사람이 있는 곳은 전장의 상공 50미터 정도 높이의 하늘이었는데, 그곳에는 지금까지 아무 것도 없었던 다섯 명의 사람이 나타나 있었다. 바로 강민과 그 일행들이었다.

강민 일행은 루시페르 잔당이 도망치다가 그 길목을 막고 있는 아바투르 일행과 조우 할 무렵 이곳에 나타났기에, 지금까지의 상황이나 서로 간에 오고갔던 이야기들도 모두 들을 수 있었다.

진행되는 상황을 두고 보고자 은신 마법을 펼치고 있었는데, 정시아의 분노에 찬 목소리에 드디어 나설 때가 되었다고 판단한 유리엘이 마법을 해제하여 지금 강민 일행의 모습이 드러난 것이었다.

다른 사람들은 강민 일행에 대해서 잘 알지 못하였지만, 대각선사는 과거 백무성의 심마를 제거하는 강민의 무위를 본 적이 있었기에 반색하며 그에게 말했다.

"강민 시주! 우리를 좀 도와주시오!"

대각선사는 행여 강민이 거절하면 과거의 도와주겠다던 약속을 언급하려 하였지만, 강민의 반응은 호의적이었다.

"네, 선사님. 안 그래도 그러기 위해서 온 것입니다."

"아… 선재, 선재로다…."

그렇게 강민이 대각선사와 대화를 나누는 동안 일행들은 천천히 바닥으로 내려왔는데, 그 중 분노에 찬 정시아가 먼저 빠른 속도로 내려와 드미트리에게 다시금 쏘아 붙였다.

"드미트리! 너 같은 악한이 개과천선이라도 한 것이냐!"

그런 정시아의 말에 드미트리는 무슨 영문인지도 모른다는 표정으로 당황해하며 되려 정시아에게 물었다.

"당신은…. 누구시길래 내게 악한이라는 것이오?"

드미트리의 반문에 정시아의 분노는 가중 되었고, 그녀는 코웃음을 치며 그의 말에 대답하였다.

"역시! 네 놈이 날 기억하고 있을리가 없지! 사탕발림과 같은 말을 할 때는 언제고… 난 소르빈 노이만의 딸 실비아다!"

소르빈이 언급되자 그제야 드미트리는 실비아가 누군지 알아차렸는지 기억을 더듬는 듯한 목소리로 그녀에게 말했다.

"아…. 소르빈님의 딸이라면…. 기억나는 군. 그런데 그녀는 분명 뱀파이어가 아니었는데…."

"역시 아버지를 말하니 내가 누군지 알아보는군. 네가 나와 아버지를 죽이려 했을 때 아버지께서 당신의 진혈을 내게 옮겨주셔서 뱀파이어로 살아남을 수 있었지, 그 날 이후로 난 네게 복수를 할 날만을 기다리며 살아왔다!"

정시아가 화가 난 것은 분명 악인이라 할 수 있었던 드미트리가 루시페르를 위해서 자신의 몸을 던지려는 가식적인 모습 때문이었다. 하지만 드미트리의 반응은 그녀의 생각과 전혀 달랐다.

"뭐라고? 내가 소르빈님과 당신을 죽이려했다고? 무슨 소리를 하는 것이오?"

드미트리는 전혀 모른다는 식으로 반응을 하였는데, 그의 그런 모습에 정시아는 어처구니가 없었다.

"하! 모른다? 모르시겠다? 이제와서 시치미를 떼는 이유가 무엇이냐?"

"시치미라니! 위에서 봤다면 잘 알 것 아니오! 어차피 지금 목숨을 내놓은 상황인데 내가 거짓을 말할 이유가 무엇이겠소!"

드미트리의 항변에 정시아는 잠시 멈칫하였다. 그의 말처럼 지금 드미트리는 죽음을 각오하고 있었다. 그런 상황에서 그가 거짓을 말할 이유가 없었다.

"그… 그렇지만… 분명 너였었는데…."

지금껏 분노하던 정시아는 뜻밖이라 할 수 있는 드미트리의 말에 다소 당황해 하며 말을 더듬었다. 그 순간 옆에 있던 드레이크의 웃음소리가 들려왔다.

"하하하하하~ 이런 이런. 이곳에서 다시 만날 줄은 몰랐군. 난 그 때 죽은 줄로만 알았는데 말이야."

드레이크가 지칭하는 사람은 분명 정시아였다. 혼란스러운 표정을 짓고 있던 정시아는 드레이크를 돌아보며 외쳤다.

"무슨 말이냐!"

"크큭. 이 얼굴로는 모르겠지? 그럼 이렇게 하면 어떨까?"

말을 마친 드레이크는 왼손으로 자신의 얼굴을 쓸어내렸다. 그의 손이 내려간 곳에는 드레이크가 아닌 드미트리의 얼굴이 나타나 있었다.

"어엇…."

"이렇게 하면 알겠지? 아. 그 때 부른 이름이 실비였던 가? 오래전 일이라 기억이 가물가물하는군."

경악한 표정의 정시아가 말을 잇지 못하였다. 당시 그와 그녀 사이의 애칭을 언급하는 드레이크, 그것도 드미트리 의 얼굴을 한 그를 보면서 정시아는 그제야 진상을 파악할 수 있었다.

바로 드레이크가 드미트리로 가장하여 자신을 속인 것 이었다. 그 때의 그녀를 매혹시켰던 그 멋진 모습도, 마음 이 통한다 느꼈던 대화도, 달콤했던 첫 키스의 추억마저도 모두 드레이크가 만든 거짓이었다.

그렇게 자신의 얼굴을 바꾸며 낄낄대는 드레이크의 모 습에 정시아의 놀람은 분노로 이어졌다.

"이…. 이 자식…."

"크크큭, 그 때 죽은 줄 알았는데 생각보다 명줄이 길구 만. 크큭."

마지막이라 생각해서 그런 건지, 아바투르를 믿고 있어 서 그런 건지 드레이크는 일체의 감춤도 없이 모든 것이 자신의 짓이라고 인정하였다.

옆에 있던 드미트리 역시 자신의 얼굴을 한 드레이크의 환영마법과 둘 사이의 대화를 통해서 지금 어떤 상황인지 알 수 있었다. 그리고 정시아가 왜 자신에게 그런 폭언을 하였는지 또한 파악할 수 있었다.

"그래서 당신이 내게 그런 폭언을 한 것이군요."

상황을 파악한 드미트리가 조용한 목소리로 담담히 말을 하였고, 그의 말에 정시아는 부끄러움을 느낄 수밖에 없었다. 지금 그녀는 무고한 사람을 맹비난했기 때문이었다.

그래서 정시아는 드레이크에 대한 분노도 잠시 거두고 드미트리에게 사과의 말을 하였다.

"미… 미안해요. 당신이 범인인 줄 알았어요…."

"아닙니다. 상황을 보니 실비아씨가 속을 수밖에 없는 상황이더군요. 저 놈이 잘못한 것이지 실비아씨가 잘못한 것은 없습니다."

"그래도…."

"괜찮습니다. 그런데 오해를 풀어서 다행이긴 한데, 지금은 상황이 좋지 못하군요. 계속 은신해 계셨던 것이 나았을텐데…."

드미트리는 뒤에 있는 아바투르를 흘깃 보더니 안타까운 표정을 감추지 못하고 그녀에게 말했다. 그리고 그의 걱정스런 말에 대답한 사람은 정시아가 아니라 드레이크였다.

"흐흐흐, 그래 저 놈 말이 맞다. 숨어있으려면 계속 숨어있던지, 이렇게 튀어 나온 바람에 간신히 잡고 있던 명줄이 끊기려고 하지 않느냐. 크크큭."

드레이크의 비아냥거리는 말에도 정시아는 어느 정도 마음을 추스렸는지 싸늘한 어조로 그에게 쏘아붙였다.

"누구 명줄이 끊어지는지 두고 봐라."

"기껏해야 마스터 정도의 능력자 몇 명이 추가된다 해서 대세에 지장을 줄 수 있을 것 같으냐? 네 놈들 따위야 나 혼자서도 충분하다. 아. 그러고 보니 그때 네 년 덕분에 손쉽게 목적을 달성할 수 있었지. 고맙다고 해야 하려나?"

고맙다는 말을 하는 드레이크의 이죽거림에 정시아의 분노는 극도로 치밀어 오르는 듯 얼굴이 붉게 달아 올랐다. 그녀의 모습을 본 드레이크는 그녀를 더 자극하기 위해서 말을 이었다.

"고맙다는 말을 못 들어서 그렇게 화내는 것이냐? 크큭, 그 때 먹은 블러드 코어 덕분에 이렇게 그랜드 마스터의 경지에 까지 오를 수 있었지. 고맙다, 실비."

실비라는 말을 들은 정시아는 더 이상 참을 수 없었다.

"그 이름으로 날 부르지 마!"

비명과도 같이 크게 외치며 정시아는 마나가 집약된 팔을 휘둘러 플라잉 오러를 쏘아냈다.

하지만 드레이크의 경지는 그녀보다 월등히 높았기에 드레이크는 별 어려움도 없이 왼팔을 휘둘러 오러를 튕겨 냈다.

퍼~엉!

"하하하. 고작 이 정도 능력으로 날 죽일 수 있을 것 같으냐?"

"이익!"

드레이크와 정시아 사이의 한차례 공방이 오가는 가운데, 드미트리에게서 외마디 경호성이 터져 나왔다.

"블러드 코어라고! 드레이크 네 놈이 어찌 블러드 코어를 먹었다는 것이냐!"

드미트리가 블러드 코어를 언급하자 정시아는 다시 드레이크에게 덤벼드는 대신, 드미트리에게 변명하듯 말했다.

"제… 제 잘못이에요… 제가 저 놈에게 속는 바람에 아버지도 당하시고… 아버지가 지키시던 그 물건도 저 놈에게 빼앗겨 버렸어요…."

과거 우연히 소르빈이 블러드 코어를 갖고 있다는 정보를 알게 된 드레이크는 그 후 호시탐탐 코어를 빼앗을 기회를 노리고 있었다.

블러드 코어는 뱀파이어 역사상 최악의 변종인 그랜드 마스터급 뱀파이어 카락스가 남긴 진혈의 결정으로 그것을 흡수한다면 자신의 복수에 한 걸음 더 가까워 질 수 있을 것이라는 판단 때문이었다.

소르빈을 습격해서 빼앗을 수도 있지만, 블러드 코어의 위치를 알지 못하고 섣불리 그를 습격했다가는 오히려 복수할 기회만 멀어질 것이라 생각한 드레이크는 신중에 신중을 기하고 있었다.

그러던 중 소르빈의 집에서 개최한 대행자들의 사이의 가벼운 간담회에서 드레이크는 블러드 코어의 위치를 확인할 한 가지 방법을 생각해 내었다.

그것이 바로 정시아, 당시에는 실비아라 불렸던 그녀를 이용하는 방법이었다. 드레이크의 눈에는 간담회에서 다과 시중을 들던 실비아가 드미트리에게 반한 것이 뻔히 보였기 때문이었다.

그래서 드레이크는 가벼운 환영 마법을 통해서 드미트리의 얼굴로 변신하여 그녀를 꾀었고, 실비아는 그것도 모르는 채 드미트리의 얼굴을 한 드레이크에게 빠져버렸다.

둘의 관계는 오래 가지 않았다. 자신의 출입이 빈번하면 소르빈이 의심할 것을 우려한 드레이크는 빠른 시간에 그녀를 유혹하여 소르빈이 외부인의 출입을 제한하는 장소들에 대한 정보를 확인하였다.

이후의 과정은 정시아의 말 그대로였다. 그렇게 정보를 확인한 드레이크는 비밀리에 움직여 블러드 코어를 찾아냈고, 그것을 막으려던 소르빈 또한 처리하였다.

당시 드레이크는 굳이 일반인인 정시아까지 처리할 생각은 없었으나, 정시아가 소르빈의 죽음을 목격한 이상 목격자를 남기지 않기 위해, 그녀에게도 살수(殺手)를 날린 것이었다.

"그렇군요…. 그렇다면 저 놈이 루시페르를 떠난 것
도…."

드미트리의 혼잣말도 같은 말에 대답한 것은 드레이크
였다.

"크큭. 그래, 그 때 흡수한 블러드 코어를 안정화시키기
위해서였지. 공교롭게도 그 때 빅토르가 블라디미르와 갈
등 때문에 루시페르를 떠났기에, 내가 떠나는 것도 비슷한
맥락에 있는 것이라 다들 오해해주더군. 하하하."

드레이크는 진심으로 즐거워했다. 어차피 지금 상황을
마지막으로 모든 것이 끝날 것이라 생각했는데, 그런 그의
상황을 알기나 하는 듯이 과거의 악연이 나타나서 그가 했
던 행동들을 설명할 수 있게 해주었기 때문이었다.

하지만 그것은 그의 생각이고, 거의 평생을 엉뚱한 사람
을 오해하고, 분노하고, 원망했던 정시아는 화가 나고, 억
울한 상황에 그녀 자신도 모르게 눈물이 흘러내렸다.

"울기는 왜 울어 실비? 아. 그 때 시간이 없어서 내 아이
를 갖고 싶다는 네 부탁을 들어주지 못해서 그런 것이야?
크크큭."

정확히 말하면 당시 정시아는 나중에 결혼을 하고 드레
이크, 아니 그가 하고 있는 모습인 드미트리를 닮은 아이
를 낳고 싶다는 이야기를 하긴 하였다.

하지만 그녀를 놀리고자 하는 드레이크는 그런 말을 지

저분하게 비꼬았고, 그 말에 수치심까지 느낀 정시아의 두 눈에는 더 굵은 눈물이 흘러나왔다.

그 때 정시아의 뒤에서 그녀의 어깨를 감싸오는 손길이 있었다. 최강훈이었다.

최강훈은 정시아의 어깨를 감싸며 그녀를 위로하는 한편, 드레이크에게 분노를 감추지 않으며 말했다.

"막돼먹은 주둥아리를 놀리는 것은 거기까지 해."

2장. 해결

NEO MODERN FANTASY STORY & ADVENTURE

현세귀환록

現世
歸還錄

2장. 해결

앞으로 나서는 최강훈을 잠시 살펴본 드레이크는 조금 의외라는 말투로 입을 열었다.

"오호라. 뒤에 있을 때에는 마스터인 줄 알았는데 지금 보니 마스터는 넘어섰군. 그래봤자 그랜드 마스터에 오른 지 얼마 되지도 않은 네 놈 정도가 내게 그런 말을 하는 것이냐?"

마스터 정도라 생각했던 최강훈이 그랜드 마스터의 경지라는 것에 드레이크는 조금 놀라기는 하였지만, 그래봤자 그를 위협할 정도는 아니었기에 드레이크는 크게 신경 쓰지 않았다. 하지만 한 명이 끝이 아니었다.

"그럼 한 명 더 있다면 어떨까?"

한걸음 걸어 나와 최강훈과 정시아의 옆에 서서 말을 한 사람은 붉은 머리의 엘리아였다.

　엘리아 역시 드레이크의 말에 분노하며 앞으로 나선 상황이었는데, 최강훈이 먼저 나서는 바람에 상황을 지켜보다 이제야 입을 연 것이었다.

　"흐흐. 네 년도 9서클 마법사군. 제니아 시스템인가 뭔가가 나오면서 마스터 급 능력자들이 우후죽순처럼 쏟아져 나오는 것은 알았지만, 그랜드마스터 급도 이렇게 많을 줄은 몰랐군."

　악인인 드레이크는 제니아 시스템을 사용하지는 못했지만, 시스템은 존재자체는 잘 알고 있었다.

　하지만 이미 그랜드마스터의 경지에서 수백년의 시간을 보냈고, 블러드 코어까지 있는 자신이 아무리 두 명이라 해도 이제 갓 그랜드마스터의 경지에 든 둘에게 밀릴 것이라는 생각은 들지 않았다.

　최강훈 역시 드레이크의 그런 자신감을 읽었지만, 자신과 엘리아가 함께 한다면 충분히 할 만하다는 생각을 하였다. 근거리 공방을 담당하는 최강훈과 원거리 공격 및 최강훈의 지원을 담당한 엘리아 조합의 상성이 매우 좋았기 때문이었다.

　실제로 따로 따로 상대한다면 잡기 힘들 수 있었던 SSA급의 마물도 엘리아와 함께 잡아낸 경험도 있었기에, 드레이크의 자신감만큼 최강훈과 엘리아 역시 자신감이 있었다.

그렇게 드레이크와 최강훈 및 엘리아가 일촉즉발의 상황에 있을 때, 유리엘은 편안한 목소리로 강민에게 말을 건넸다.

"저 녀석은 애들한테 맡겨두고 우리는 저기 이번 사건의 원흉이나 잡아볼까요?"

어차피 유리엘이 제공한 마법기 때문에 최강훈이나 엘리아나 죽음에 가까운 위기는 있을지언정 죽을 일은 없었다.

그렇기에 다소 밀릴 수 있는 상황이었지만, 강민이나 유리엘은 승패가 판가름 날 때까지는 이들의 전투에 개입하지 않을 생각이었다.

"그래, 잡아야지. 저 뒤에서 눈알을 데굴데굴 굴리는 모습을 보니 완전 맹탕은 아닌 것 같군."

강민의 말처럼 지금 아바투르의 머릿속은 상당히 복잡하였다. 은신을 감지하지 못한 것은 그 쪽 분야로 특화된 마법이라 생각하면 어느 정도 이해가 가는 부분이지만, 지금 강민과 유리엘의 경지가 잘 가늠이 안 되는 것이 심상치 않다는 생각이 들었다.

둘은 능력을 감추기 위한 별도의 수법을 펼치지 않고 있었지만 고수의 실력을 하수가 가늠하는 것은 어려운 일이기에, 아바투르의 상황은 어쩌면 당연한 것이었다.

하지만 이 둘이 마왕인 자신을 능가하는 무력을 가졌으리라고는 생각하지 않는 아바투르는 무언가 특별한 방법으로 그들의 경지를 감추고 있다는 결론을 내리며 생각을 마무리 지었다.

어느새 자신의 앞에 다가온 강민과 유리엘을 보며 아바투르는 입을 열었다.

"호오. 멀리서 볼 때도 심상치 않은 미모더니, 이렇게 가까이서 보니 더 아름답구나. 네 년은 특별히 마족으로 만들어서 내 곁에 두마."

아바투르는 색(色)을 밝히는 편은 아니었지만, 무성욕자는 아니었다. 그래서 마계에 있을 때에도 아름다운 외모를 가진 서큐버스들로 잠자리 시중을 들게 하곤 하였다.

다만, 지구에 온 이후로는 한 번도 성적인 욕심을 보인적이 없었는데, 그것은 지구의 인간들이 마계의 서큐버스에 비해 떨어지는 외모를 갖고 있었기 때문에 전혀 흥이돋지 않았기 때문이었다.

그런데 지금 유리엘을 본 아바투르는 그녀가 가진 절세의 미모에 오랜만에 성욕이 동함을 느끼고, 전투 후에 그녀를 통해서 성욕을 풀어야겠다고 생각하였다.

"맹탕이 아니란 말은 취소해야겠네. 마왕급이라 해서

조금 기대했더니 지금 하는 짓을 보니 기대 이하겠군. 어쨌든 애초에 살려둘 생각도 없었지만 방금 그 말 때문에 네 수명이 더 줄어들었다."

유리엘이 저런 시선을 받는 것은 하루 이틀 일이 아니었지만, 자신의 여자에게 그런 시선을 주는 것을 용납할 강민이 아니었다.

강민이 아바투르의 수명을 언급하자 유리엘이 웃으면서 강민에게 물었다.

"호호호. 어차피 여기서 해치워봤자 강제귀환 밖에 더 되겠어요?"

그녀의 말처럼 이곳에서 해치워봤자 아바투르를 완전히 죽일 수 있는 것은 아니었다. 완전히 마족을 죽이기 위해서는 마계에서 해치워야 했다.

하지만 강민은 나름의 생각이 있었다.

"그렇지, 이곳에서 완전히 죽이기는 힘들겠지. 그렇다고 저 놈 하나 때문에 마계까지 따라가기도 그렇고. 하지만 마핵을 박살내면 강제귀환 되어 마계로 돌아가서도 과거와 같은 능력을 찾기는 힘들 걸? 그 정도만 해도 충분할 것 같아."

"하긴 그렇겠죠. 마계의 성향이라면 힘이 떨어진 악마는 언제라도 잡아먹히고 말 것이니 말이에요. 결과적으로는 민의 말을 지킬 수 있겠네요. 호호호."

그렇게 강민과 유리엘이 이야기를 나누는 동안, 옆에서 엄청난 폭음이 들려오기 시작했다. 드디어 최강훈과 엘리아가 드레이크와 격돌하면서 터져 나온 소리였다.

"이제 슬슬 우리도 시작하지."

시작하자는 말과 동시에 광검을 꺼내어 든 강민을 보고 아바투르는 기억이 났다는 듯한 표정으로 외쳤다.

"아! 라이트 소더와 젊은 남녀! 그렇군. 네가 바로 사스투스를 반푼이로 만든 장본인이구나!"

오랜만에 듣는 사스투스라는 이름에 강민 역시 아바투르의 정체를 알아차렸다.

"사스투스라. 그럼 네가 사스투스의 두목이라는 아바투르겠군."

과거 사스투스는 자신이 아바투르 휘하의 악마임을 강민에게 밝혔었기에 강민은 아바투르의 이름까지 정확히 알고 있었다.

아바투르는 자신의 이름까지 알고 있으리라고는 생각지 못했기에 의외라는 표정으로 말했다.

"허. 그 반푼이가 내 이름까지 언급했던가? 뭐 어쨌든 이곳에서 네 놈만 지운다면 더 이상 물질계에서 나를 막을 자가 없겠구나. 하하하."

자신의 실력에 절대적 자신감을 갖고 있는 아바투르는 다잡은 고기를 보는 것처럼 호탕한 웃음소리를 내었다.

아바투르가 이렇게 자신감을 가지는 이유는 저기 의식을 잃은 채 누워있는 백무성을 상대해 본 경험에 의해서였다.

백무성은 인간 중에서는 아니 마족까지 포함해도 분명 강자라 할 수 있는 정도의 경지는 맞았지만, 그래도 마왕인 자신을 상대하기에는 턱없이 부족한 경지였다.

애초에 천족이나 용족도 아닌 인간 따위가 자신을 능가하는 무력을 가질 수 있을 것이라고는 전혀 생각하지 않는 아바투르는 이제 마무리를 짓겠다는 표정으로 말했다.

"누구부터 올 것이냐? 너? 아님 네 옆에 있는 여자? 뭐 둘 다 한 번에 덤비는 것이 시간도 절약될 수 있겠지."

자신의 실력에 대해 확고한 신뢰를 하고 있는 아바투르의 말에 유리엘은 어이없다는 표정으로 강민을 바라보며 물었다.

"민, 어떡할래요? 내가 처리할까요?"

"아니야. 저런 놈은 내가 처리하지."

그렇게 말한 강민은 자신의 바스타드 소드를 빼어들며 한 걸음 앞으로 나섰고, 그 모습에 아바투르는 좋다는 표정으로 고개를 끄덕이며 말했다.

"좋아, 좋아. 그래, 네 놈부터 처리해야 뒤에 있는 저년이 순순히 내 말을 따르겠지. 흐흐."

"말이 많군."

더 이상 아바투르의 더러운 말들을 들을 생각이 없는 강민은 그의 말을 자르며 광검을 발현시켰다.

"호오. 확실히 저 늙은이보다는 기운이 강한데? 간만에 재미있는 전투가 되겠어."

백무성은 라이트 소더이긴 하였지만 아무래도 초입이다 보니 아바투르의 상대로는 한창 부족한 실력이었다. 그래서 아바투르의 입장에서는 전투라고 할 수도 없을 정도로 시시한 일전이었다.

하지만 강민의 검에 실린 기운은 아바투르라 해도 쉽게 보기는 힘든 강한 기운이 들어 있어 아바투르는 만족한 표정으로 자신의 광검을 빼내어 들었다.

아바투르의 광검은 검푸르게 빛나는 묘한 느낌을 주는 검이었다. 마치 손을 대면 얼어붙어 버릴 것만 같은 불길함을 내뿜는 광검을 본 강민은 약간 인정한다는 표정으로 살짝 고개를 끄덕였다.

"크크. 지금이라도 저 여자와 함께 하던지, 그럼 더 재미있는 전투가 될 것 같은데 말이야."

"마나 운용은 괜찮아 보이지만 확실히 안목은 별로군."

"만용을 부리시겠다? 흐흐. 그래 그럼 들어와 보거라."

마치 지도 대련을 하겠다는 식의 말을 한 아바투르를 보던 강민은 그 자리에서 사라졌다.

아니 사라진 것과도 같이 빠른 속도로 움직인 것이었다.

하지만 광검을 꺼내면서 그랜드마스터 급 초월의 영역을 운용 중이던 아바투르는 강민의 빠른 움직임을 눈으로 따라가며 볼 수 있었다.

'흐흐. 이 정도 인가? 인간치고는 강한 편이지만…. 엇!'

충분히 강민의 움직임을 알아차리고 있던 아바투르는 강민을 어떻게 요리할까라고 생각하고 있었는데, 자신의 지척까지 다가 온 강민의 기척이 순간적으로 사라지면서 내심 경호성을 내며 전신을 방어하였다.

콰아앙!

아바투르가 방어막을 올린 동시에 엄청난 폭음과 함께 아바투르는 순식간에 몇 백미터나 날아가 버렸다. 마치 고대의 거인족이 망치로 공을 때린 것과도 같은 모습이었다.

"크윽!"

충격은 컸지만, 제 때 호신막을 올렸기에 치명적인 일격은 아니었다. 아바투르는 조금 전 이 공격에 지금까지 강민을 경시했던 마음을 버리고, 최선을 다할 것을 마음먹었다.

그러나 이미 기세는 넘어가 버렸다. 강민의 공격에 날아가던 아바투르가 기를 뿜어내며 제자리에 선 그 때, 강민의 이격이 떨어졌다. 이번에는 하늘에서 땅으로 떨어지는 일도양단(一刀兩斷)의 공격이었다.

쿠아앙!

조금 전 공격에 아바투르가 호신막을 더 두껍게 하였기에 망정이지, 그것이 아니었다면 이번 공격으로 그의 호신막은 깨어지고 말았을 것이었다.

문제는 그 공격이 끝이 아니라는 것이었다. 이미 호신막 채로 바닥에 쳐 박혀버린 아바투르의 머리 위로 폭풍과도 같은 강민이 공격이 이어졌다.

쾅!쾅!쾅! 콰앙! 콰아아앙!

순식간에 십수차례의 공격이 떨어졌고, 아바투르의 호신막은 금세 너덜너덜해져 버렸다. 이대로 가다가는 그냥 강제 귀환 될 가능성이 높았다.

'으윽… 이놈의 능력이 내 예상을 훨씬 상회한다… 이럴 줄 알았으면 처음부터 최선을 다하는 것인데, 이미 기세를 놓쳤다…. 이대로는 안 되겠어… 아깝기는 하지만 마기폭발로 저놈을 잡고, 육체가 부서지기 전에 드레이크의 몸으로 갈아타야겠군. 마기 손실이 크긴 하겠지만 지금으로서는 어쩔 수 없다!'

호신막이 더 이상 버티기 힘들다고 판단한 아바투르는

서둘러 생각을 정리하였다. 마기폭발을 통해서 강민을 해치운 뒤, 지금의 육체를 버리고 드레이크의 몸으로 옮겨가려는 판단이었다.

원래부터 아바투르는 이번 일이 끝나면 드레이크의 몸으로 갈아타려 했기에 지금의 육체를 버리는 것 자체는 아깝지 않았으나, 마기폭발을 사용한다면 드레이크의 몸을 제대로 사용하지도 못하고 마기의 손실도 많다는 점이 그를 망설이게 하였다.

드레이크의 몸을 사용하기 위해서는 대법을 통해서 그의 몸과 영혼을 자신의 마기와 일치 시키는 과정이 필요한데 이 대법에는 상당한 시간이 걸렸다.

하지만 마기폭발을 사용한다면 지금 육체의 수명이 극도로 떨어져버려서 드레이크의 몸에 대법을 펼치고 안정화 시킬 때까지 지금의 육체가 버티지 못할 가능성이 높았다.

물론 자신의 능력이라면 그런 대법 없이 드레이크의 몸으로 옮겨 갈 수는 있겠지만, 그렇게 옮겨간다면 드레이크의 몸은 지금 이형태의 몸보다도 동조화율이 떨어질 것이었다.

더군다나 급작스럽게 숙주를 바꾸어야 때문에 그에 따른 마기의 손실 역시 감수해야 할 부분이었다.

하지만 지금의 위급한 상황을 탈출하기 위해서는 아바

투르는 그런 방법이라도 선택해야 하는 입장이었다.

결국 결단을 내린 아바투르는 자신의 마핵에 정해진 술식에 따라 마나를 주입하였다. 바로 마기폭발을 시전한 것이었다.

화아아악!

아바투르를 중심으로 엄청난 기파가 터져 나왔고 그 기파는 수킬로미터가 넘도록 퍼져나갔다.

마치 엄청난 폭발이 터지면 주변에서 그것의 공기파동을 느끼는 것처럼 아바투르의 마기 폭발은 주변에 있던 모두에게 느껴졌다.

심지어 한창 전투 중이던 최강훈과 엘리아, 드레이크마저 아바투르의 마나폭발에 잠시 전투를 멈추고 그곳을 바라볼 정도였다.

한창 아바투르를 공격하던 강민 역시 잠시 공격을 멈추고 마기폭발을 마친 아바투르가 자신의 공격으로 생긴 구덩이에서 날아오르는 것을 지켜보았다.

"내 잠시 판단을 잘못하여 수세에 몰렸지만, 마기폭발을 사용한 이상 더 이상 네 놈에게 기회는 없을 것이다! 내가 마기폭발까지 사용하게 한 대가를 치르게 해주지!"

전도율을 높은 이형태의 몸에 마기폭발까지 사용한 아바투르는 거의 마계에서와 동일한 신위를 보일 수 있었다.

그래서 그런지 지금까지 검푸르게 빛나던 아바투르의 광검은 이제 완전히 검은 빛으로 변해버렸다.

전장에서 다소 멀리 있던 유리엘은 아바투르의 검은 색검을 보며 약간 놀란 듯한 목소리로 강민에게 물었다.

[민, 저거 암검(暗劍)인가요?]

[아냐. 암검은 아니고 광검의 경지에 따른 색채 변환 정도에 가깝겠네. 그래도 저 정도 빛깔이면 거진 마지막에 가까운 단계겠네.]

[그렇군요. 마왕급이 암검을 쓰는 줄 알고 좀 놀랐어요.]

[뭐, 그 정도 능력이 되는 녀석은 아니었잖아. 어쨌든 대충 손맛은 봤으니 이제 그만 처리해야겠어.]

[몸은 좀 풀렸어요?]

[그래도 오랜만에 광검이라도 마음껏 휘두르니 좀 낫긴 해.]

지금껏 강민이 아바투르를 그렇게 두들긴 것은 그를 한번에 처리할 수 없어서가 아니었다.

강민은 지구로 돌아 온 이후 그다지 힘을 쓴 적이 없었기에 유리엘과 이야기를 나눈 것처럼 간만에 몸을 풀기 위해서 아바투르와의 전투에 시간을 쓴 것이었다.

이제 어느 정도 몸이 풀려서 전투를 마무리 해야겠다고 생각하고 있는 강민에게 아바투르가 또다시 자신감 넘치는 목소리로 말했다.

"잠시 동안 잘 설쳤지? 이제 내 진짜 모습을 보여주마. 광검이라고 해서 다 같은 광검이 아님을 알려주마!"

검은 빛이 도는 광검을 뽑아든 아바투르에게 강민이 담담히 말했다.

"그래, 같은 검이 아니지."

그렇게 말하며 강민 역시 검의 색을 바꾸었는데 공교롭게도 강민의 검 역시 지금까지와는 달리 검은색의 검이었다.

다만, 아바투르의 검이 검은 빛을 뿜어낸다 한다면, 강민의 검은 모든 빛을 빨아들여 검은 색으로 보이고 있었다. 즉, 아바투르의 검은 광채(光彩)가 보였지만, 강민의 검은 무광채의 검이었다.

강민의 검을 본 아바투르가 다시 한마디를 하려고 할 때, 강민의 그의 말을 막으며 검을 휘둘렀다.

"여기까지 하자."

쉬익!

강민의 검격에 아바투르는 다급하게 광검을 들어 자신의 전면을 방어하였다. 하지만 강민의 검격은 아바투르의 광검과 호신막과 그의 몸까지 사선으로 다 잘라내 버렸다.

큰 폭음도 없었다. 마치 종이를 가르는 칼과 같은 가벼운 절단음만이 있었을 뿐이었다.

털썩~

절단음을 뒤로하고 아바투르의 몸이 두 조각으로 갈라
져서 바닥으로 떨어졌다. 떨어진 아바투르의 몸을 제외하
고는 마치 시간이 멈춘 것만 같았다.

아바투르의 죽음은 그가 지금껏 보였던 신위에 비하면
너무 허무하여 다들 얼어붙은 모습으로 그의 죽음을 받아
들이지 못하고 있었다.

그 순간 바닥에 떨어진 아바투르의 시체에서 검은 색 마
기가 터져 나왔다. 강제귀환이 시작된 것이었다.

하급의 악마들이야 이런 마기를 터트리지도 못한 채 그
냥 사라져버리지만, 아바투르는 마왕급의 마족이었다.

마왕급의 마족에 걸맞게 강제귀환도 평범하지 않아야
했지만, 지금 아바투르의 몸에서 나온 마기의 양은 의외로
그가 보였던 마기의 십분지 일도 안 되는 양이었다.

보통 강제귀환으로 터져 나오는 마기는 마핵에서부터
발하기에 생전에 보인 마기보다도 훨씬 많은 양이 보여지
는 경우가 많으나, 지금 아바투르의 마기는 바스라에도 미
치지 못한 적은 양이었다.

어쨌든 그렇게 나온 마기는 차원의 결계를 흔들며 사
라졌고, 그 모습을 지켜보던 유리엘이 조용히 입을 열었
다.

"생각보다 더 줄었는데요?"

"암검을 꺼냈으니 저 정도도 많이 돌아간 것이겠지."

아바투르의 마기가 저렇게 된 것은 강민이 암검을 사용했기 때문이었다. 광검보다 한 단계 더 높은 경지의 암검은 당연히 광검보다도 강대한 힘을 내포한 검이었다.

사실 파괴력만 치면 광검이 암검보다 우위에 있을지도 모른다. 하지만 암검은 광검으로는 불가능한 일을 할 수 있었다.

광검이 현상을 자른다면, 암검은 본질을 잘랐다. 광검으로는 사람의 육신을 갈라낸다면, 암검으로는 사람의 신체뿐만 아니라 영혼까지 잘라낼 수 있었다.

그렇기에 강민의 암검은 아바투르의 마핵까지 잘라 낼 수 있었고, 마핵이 깨어져버린 아바투르는 이미 상당한 마기를 유실해버렸기에 강제귀환에서도 그 정도 마기밖에 보이지 못한 것이었다.

"하긴, 민이 암검까지 쓸 거라고는 생각하지 못했네요. 그러고보니 암검을 본 것도 오랜만이네요."

"그렇지, 최근에는 전혀 쓸 일이 없었으니 말이야."

그렇게 아바투르를 처리한 강민과 유리엘이 이야기를 나누는 동안 전장의 뒤쪽에서 수많은 사람들이 달려오는 것이 보였다.

바로 제 3, 제 4 대행자들에게 막혔던 파루스가 이끄는 악마들이었다.

그들의 모습을 본 유리엘이 이번엔 자신의 차례라는 듯 말했다.

"아. 저 뒤에서 악마들의 잔당이 오는 군요. 저 놈들은 제가 처리하죠."

강민이 대답하기도 전에 유리엘은 가볍게 한줄기 영창을 하였다.

"!@$!@% @#%@#% !#@%@#%"

자신들을 쫓아 온 악마들 때문에 뱀파이어들의 웅성거림이 점차 커질 때, 유리엘은 영창을 끝내고 시동어를 외쳤다.

"하르나키아!"

⁜

"역시 저기까지 밖에 도망치지 못했군. 아바투르님께 꾸지람을 좀 들을 수도 있겠군."

달려가는 파루스가 걸음을 멈추지 않고 말하자, 그의 옆에서 같이 달리고 있던 벨리카가 그의 말에 대꾸를 하였다.

"조금 전의 그 뱀파이어들은 정말 끈질겼지요. 팔이 떨어지고 다리가 끊어져도 악착같이 우리에게 달라붙었으니까요. 이런 사실을 말씀드린다면 아바투르님도 좀 이해해 주시지 않을까요?"

벨리카의 말이 우스웠던지 파루스는 그녀의 말을 비웃으며 대답했다.

"크큭. 멍청한 소리하지마라. 무장은 결과로만 이야기하는 것이다. 내가 놓쳤으면 놓친 것이지 거기에 변명은 필요없다!

"아… 죄송합니다."

"뭐 어차피 넌 무장으로 쓸 것이 아니라, 다른 용도로 사용할 것이니 이런 사실을 몰라도 관계없겠지. 오늘 밤에 네 용도를 다시 확인해보자꾸나. 하하하."

"아잉. 알겠어요. 파루스님~"

벨리카는 적절한 시기에 또 애교를 부리며 자신의 소임을 다하였다. 하지만 그렇게 벨리카와 이야기를 나누는 파루스의 머리 한 켠에는 한 가지 의문이 떠올라와 있었다.

'조금 전 마기 폭발이 시전된 것 같던데… 바스라님인가? 바스라님이 마기폭발까지 사용할 상대가 나타났다는 것인가? 재미있군… 하지만 주군이 계시니 뭐 지금쯤이면 다 정리 되었겠지.'

바스라의 마기폭발은 멸마진 안에서 시전된 것이라 그 후폭풍이 주변에 퍼지지 않았다. 그래서 파루스는 한 번의 마기폭발 밖에 느끼지 못했는데, 설마 그것이 아바투르가 행한 것이라는 생각은 하지 못하였다.

"자! 저기 주군이 계신다. 아직 우리가 놓친 뱀파이어들의 잔당이 남아 있는 것 같으니 우리가 서둘러 움직여… 어?"

같이 달리던 악마들을 독려하던 파루스는 갑자기 하늘에서 거대한 마나유동이 발현되자 의아한 표정으로 하늘을 바라보았는데, 그 곳에는 집채만한 얼음덩이 수백개가 나타나서 마치 융단폭격을 하듯이 바닥으로 떨어졌다.

"피… 피해라!"

콰앙~ 쾅~ 쿠아앙~

얼음덩이들은 바닥에 떨어지며 엄청난 굉음을 내었다. 만일 이 얼음덩이가 단순히 크기만 한 얼음이라면 하위악마들에게는 피해를 줄 수 있을지언정 마스터, 그랜드마스터급의 작위마들에게 그렇게 큰 피해를 주기는 힘들었을 것이었다.

하지만 이 얼음은 보통 얼음이 아니었다. 얼음덩이들은 바닥에 부딪치면 크게 쪼개어 지는 것이 아니라 산산이 부서졌다.

그리고 그렇게 부서진 얼음조각들은 그 하나하나가 강렬한 힘을 머금고 폭풍으로 된 칼날과도 같이 사방으로 날아갔다. 마치 강기의 조각이 터져나온 것만 같은 느낌이었다.

"으악~"

"아악!"

"크아악!"

얼음덩이와 얼음칼날의 폭격은 한동안 계속 되었고 폭격이 끝난 자리에는 악마들의 시체만이 즐비할 뿐이었다. 범위 안에 들어있던 악마들은 누구도 피하지 못하였다.

그나마 파루스만이 몇 차례의 얼음 조각들을 막아내었으나, 중과부적이었다. 무한정 날아오는 강기의 칼날을 막아내긴 힘들었기에 그 역시 난자되어 처참하게 변해버린 시체만 남겼을 뿐이었다.

그렇게 유리엘의 마법 한 번에 악마 군의 주력은 괴멸되어 버렸다.

✢

유리엘이 시전한 마법을 보던 강민은 그녀를 돌아보며 물었다.

"10서클까지 쓰는 거야?"

"호호호. 민은 암검까지 썼는데, 10서클이 뭐 대순가요?"

10서클이라면 광검과 비슷한 경지이기에 유리엘의 말에

이상한 점은 없었지만, 지금 뱀파이어들이나 백두일맥의 일원들은 광검보다는 10서클 마법에 더 큰 충격을 받고 있었다. 아무래도 대량살상이 가능한 마법이 임팩트가 더 강했기 때문이었다.

"사람들 표정을 봐. 암검에도 놀라지 않던 사람들이 유리의 마법에 놀라고 있잖아."

"에이. 그건 광검이나 암검에 담긴 힘을 읽을 만한 능력이 안 되서 그렇지요. 아무래도 저런 마법은 이펙트가 강하니 더 눈에 띄는 것도 있구요."

"어쨌든 이제 대충 마무리 된 것인가?"

"아. 잔당들은 서비스로 처리해주지요."

유리엘은 아바투르를 수행했던 악마들을 향해 손가락을 튕겼다.

딱~! 하는 소리와 함께 악마들의 머리 위해서 각각 하나씩의 불기둥이 떨어졌고 그 자리에서 숯으로 변해버렸다.

그들은 나름 마스터급의 작위마였지만, 아바투르의 비현실적인 죽음과 동료들의 처참한 죽음에 반쯤 넋이 나가 있었기에 별다른 대응조차 못하고 그냥 사라져 버렸다.

물론 대응을 한다고 해도 그 결과는 달라지지 않았을 것이 자명하였다.

"그럼 저기만 마무리 되고 나면 끝나겠군."

악마들은 모두 처리되었기에 강민은 마지막으로 남아있는 적이라 할 수 있는 드레이크 쪽을 보며 입을 열었다.

"그렇네요. 저기도 이제 곧 끝나가네요."

❖

챙~ 채앵~ 콰앙!

파스슥!

드레이크는 최강훈과 엘리아의 연합공격에 상당히 당황하고 있었다.

일대일로 싸운다면 분명 순식간에 해치울 수 있을 정도의 쉬운 상대들이었지만, 둘이 함께해서 나오는 시너지에 드레이크는 꽤나 놀라고 있었다.

강한 정신력과 내구력을 지닌 최강훈이 앞에서 드레이크를 막는 동안 엘리아는 적재적소의 마법을 사용하여 드레이크의 행보를 방해하였다.

그렇다고 엘리아를 먼저 처리하려고 움직이면 최강훈의 날카로운 검강이 드레이크의 허점을 노리고 들어오기 때문에 그것도 좀처럼 쉽지 않았다.

공방이 길어지며 드레이크는 상당한 상처마저 입고 있었는데, 블러드 코어의 치유력이 아니었으면 이미 패배했을지도 모를 정도로 큰 상처들도 있었다.

물론 드레이크가 상처를 입은 만큼, 엘리아와 최강훈 역시 멀쩡한 상황은 아니었다.

그렇게 박빙이라 할 수 있는 상황에서도 드레이크에게는 두 가지 믿는 점이 있었는데, 하나는 블러드 코어가 주는 무한한 치유력이었고, 다른 하나는 아바투르와 악마들이었다.

어차피 한 번에 치명상을 입지 않는 이상 블러드 코어의 치유력이 자신을 치료하여 줄테니 드레이크는 과감한 공격을 거리낌 없이 시전 하였다.

또한 설령 자신이 패한다 하더라도 자신의 몸을 노리고 있는 아바투르가 자신을 구해줄 것이 분명하였기에 이 전투에서 드레이크의 부담감은 전혀 없었다.

그러나 아바투르가 마기폭발을 사용한 뒤 강민의 일격에 목숨을 잃는 순간부터 상황은 변해버렸다.

더군다나 멀리서 달려오던 악마들이 유리엘의 마법에 일소되어 버리면서, 드레이크는 이제 손발이 어지러워지기 시작했다. 더 이상 자신이 믿을 곳이 없었기 때문이었다.

자칫 잘못하다가는 원래 목적인 복수조차 행할 수 없을 것이라는 위기감이 든 드레이크는 피의 격노와 피의 폭주를 사용하고자 마음을 먹었다.

"크윽… 네 놈들도 보통이 아니군. 마치 합격술을 배운 것과도 같이 움직이는 군….."

드레이크의 말에 최강훈은 어이없다는 표정으로 그에게 말했다.

"그걸 이제야 알았어? 생각보다 둔하군."

"그러게 말이야. 이런 흐름을 보고서도 합격술을 생각하지 못했다니 멍청한 것 아닌가 싶어."

지금 최강훈과 엘리아는 실제 합격술을 사용하고 있었다. 제니아 시스템을 통해서 마법과 무공의 합격술을 익혀 자신들에 맞게 재해석하여 수련해왔던 것이었다.

다만, 드레이크는 마법과 무공의 합격술이라는 생각자체를 하지 못했기에 그런 말을 하였다.

"그렇군…. 하지만 절대적인 힘 앞에서는 그런 것들이 다 무용지물이지! 하압!"

드레이크는 우선 피의 격노를 사용하였다. 진혈을 자극한 드레이크의 순간적으로 터져 나온 폭발적인 힘에 최강훈과 엘리아는 잠시 밀렸고, 그 순간 드레이크는 전장을 이탈하여 드미트리에게로 날아갔다. 우선 복수부터 마치고자 하는 마음 때문이었다.

드미트리는 갑자기 자신을 공격해오는 드레이크를 피하고자 하였는데, 드레이크의 손이 그에게 뻗쳐지는 순간 그의 몸은 순간적으로 덜컥 멈추고 말았다. 염력과 비슷한 이능의 일종이었다.

일시적으로 멈춘 것이었지만 그것으로도 복수를 마치기엔 충분하였다.

"죽어라! 블라디미르의 마지막 핏줄!"

검강을 드리운 드레이크의 검이 몸이 굳은 드미트리의 목으로 떨어지려는 순간 드미트리의 좌측에서 누군가 튀어나오며 그의 몸을 튕겨냈다. 바로 정시아였다.

그간 드미트리를 원망했던 것에 대한 미안함 때문이었는지, 아니면 다른 이유가 있는 건지 정시아가 드미트리를 밀쳐내고 드레이크의 공격을 받았다.

스아악!

"아악!"

정시아가 몸으로 드미트리를 튕겨냈기에 드미트리는 드레이크의 살수를 피했지만, 그의 공격을 받은 정시아는 등에 엄청난 상처를 입은 채 바닥에 나뒹굴었다.

뿜어져 나오는 피의 양으로 보아서 보통의 상처가 아니었다. 치명상이었다.

"큭! 이 년이 방해를!"

드레이크는 뒤따라온 최강훈과 엘리아가 공격을 감행하는 것까지 무시하고 드미트리를 죽이려하였는데 정시아의 방해 때문에 뜻을 이루지 못하자, 드미트리를 죽인 후 정시아 또한 죽이려고 하였다.

하지만 상황은 그의 생각처럼 흘러가지 않았다. 드레이크의 뒤를 쫓아온 최강훈과 엘리아의 매서운 공격이 이어졌기 때문이었다.

처음엔 둘의 공격을 무시하고 살수를 펼치려고 하였지만, 그랬다가는 복수보다 자신의 목숨이 먼저 떨어질 것 같았기에 결국 드레이크는 최후의 선택을 하기로 마음 먹었다.

좀 성급하게 보일 수도 있었지만 아바투르를 처치한 자가 이 전장에 달려든다면, 그때는 그 최후의 선택을 할 시간 조차 없을 것이라는 판단에서였다.

"어차피 이곳에서 죽을 것, 모두 다 같이 가자꾸나!"

그렇게 외친 드레이크는 곧바로 피의 폭주를 시전하였다. 드레이크는 일단 피의 폭주가 발동되면 가장 먼저 드미트리를 죽이려고 생각하고 있었는데, 진혈이 끓어오르면서 갑자기 의식이 흐려지더니 어느 순간 의식이 끊어져 버렸다.

최강훈과 엘리아는 폭발적으로 터져 나오던 드레이크의 힘이 일순간 잠잠해진 것에 의아함을 느꼈다. 하지만 어쨌든 그를 처리해야 하기에 공격을 펼치려고 하였다.

그런데 그 순간 갑자기 드레이크가 머리를 번쩍 들더니 광소를 내뱉었다.

"크하하하하하! 드디어 부활 하였구나!"

"갑자기 무슨 소리냐!"

"크크큭. 이놈이 피의 폭주를 사용해 주는 바람에 내가 이놈의 몸을 장악할 수 있게 되었지. 초면이니 새로이 소개해야겠군. 난 카락스라고 한다."

"카락스?"

"아. 내 이름을 모르는 자들이 많겠군. 블러디 나이트메어 카락스라면 알겠나?"

블러디 나이트메어라는 카락스의 말에도 최강훈과 엘리아는 고개를 갸웃거렸다. 그 이름 역시 처음 듣는 이름이었기 때문이었다.

그러나 곁에 있던 뱀파이어들은 블러디 나이트메어라는 이름에 그가 누구인지 파악했는지 경악에 찬 목소리를 내뱉었다.

"블러디 나이트메어!"

"카락스라니!"

뱀파이어계에서는 카락스는 전설적인 인물이었다. 물론 그 전설은 악명으로 쌓인 것이었다.

변종 뱀파이어의 시조나 마찬가지인 카락스는 그가 활동할 당시 전 뱀파이어의 사분지일을 그 혼자 먹어치운 것으로 알려져 있었다.

결국 각 혈족들의 로드가 힘을 합쳐 그를 해치운 것으로 알려져 있었는데, 그 카락스가 이렇게 부활한 것이었다.

"그럼 드레이크는 어떻게 된 것이냐?"

하지만 지금 드레이크와 싸우던 최강훈에게 중요한 것은 드레이크였기에 그에게 드레이크의 행방을 물었다.

"크크, 이제 그놈은 죽은 것이나 마찬가지이지. 내 블러드 코어에 흡수되어버렸으니 말이야. 어쨌든 대화는 여기까지다, 오랜만에 피맛을 좀 봐야겠어. 다들 피가 맛있어 보이는구나. 하나씩 먹어 치워주마!"

드미트리를 포함한 뱀파이어들은 카락스가 내뿜는 기세에 움찔 뒤로 물러났다. 지금 카락스가 내뿜는 기세는 그랜드마스터를 능가한 신위, 즉 광검지경에 다다른 기세였다.

최강훈과 엘리아 역시 카락스가 조금 전 드레이크보다 더 위험한 상대임을 파악했기에 다소 침중한 얼굴로 그의 기세를 받아냈다.

그런데 그렇게 자신만만하게 외치는 카락스의 머리 위로 갑자기 혜성과도 같은 빛이 떨어졌다.

콰앙!

웃고 있던 카락스는 그 자리를 피하지도 못한 채 빛에 맞고 사라져 버렸다. 시체조차 남기지도 못한 완벽한 소멸이었다.

그의 소멸 뒤로 강민의 목소리가 들려왔다.

"참 이놈 저놈 할 것 없이 잘도 다른 사람 몸에 들어가는구나."

조금 전의 빛은 카락스의 행태를 보며 눈살을 찌푸리던 강민이 광검의 운용식 광검결 중의 하나인 낙성흔(落星痕)을 펼친 것이었다.

카락스 역시 부활을 하며 그랜드마스터를 넘어 광검지경의 초입까지는 들어갔다 할 수 있었으나 강민의 공격을 받아낼 정도는 아니었다.

그렇게 수천년만에 부활한 카락스는 부활을 기다렸던 시간이 무색하게 부활한지 몇 분만에 먼지로 변해 버리고 말았다. 어처구니없을 정도로 허무한 죽음이었다.

❖

"고맙소. 강시주."

"고맙긴요. 별 일 아니었습니다."

"별 일이 아니라니. 세상을 구했다고 해도 될 만큼 큰일이오."

대각선사는 거듭 강민을 칭찬하며 말했고, 그의 옆에 있던 드미트리 역시 고개를 숙이며 감사를 표했다.

"구해주셔서 감사합니다. 강 회장님. 저는 루⋯시페르의 제 5 대행자 드미트리라고 합니다."

드미트리는 루시페르를 언급할 때 잠시 망설이긴 하였지만, 자신이 루시페르의 대표나 마찬가지인 상황이기 때문에 강민에게 정중히 인사했다.

"우리 시아가 오해를 했더군. 원래부터 그럴 목적은 아니었지만 결과적으로 자네와 자네 일행들을 살릴 수 있었으니 그것으로 오해한 것에 대한 사과를 대신하지."

"아. 아닙니다. 오히려 제가 조금 전에 실비아, 아니 시아씨에게 목숨을 구원받았으니 사과는 당치도 않습니다."

분명 조금 전 드레이크가 공격할 때 정시아의 희생이 없었으면 드미트리는 목숨을 잃었을 가능성이 높았다.

"하긴 그렇기도 하군."

"그렇습니다. 그런데 시아씨는 괜찮으신가요?"

"그래. 지금 저 쪽에서 회복 중이니 가면 만날 수 있을 거야."

"그럼 시아씨께 제가 따로 감사의 인사를 드리겠습니다."

"그래 그렇게 해."

드미트리까지 자리를 옮기자 대각선사사 강민에게 나직이 말했다.

"흠흠. 미안하네만, 백가주에게도 치료마법을 사용해 줄 있으신가? 포션을 먹고 추궁과혈을 하는데 좀처럼 상태가 돌아오지 않는구만."

백무성의 상처는 아무래도 광검에 당한 상처, 더군다나

아바투르의 마기까지 서린 광검이여서 그런지 일반 상처에 비해서 회복이 더뎠다.

어쨌든 목숨까지 구해줬는데 또 부탁을 하는 것이 다소 민망했던지 대각선사는 쑥스러운 표정을 감추지 못했다.

그 대각선사의 요청에 대한 대답은 강민이 아닌 유리엘이 하였다.

"그러지요. 선사님."

대답을 마친 유리엘은 늘 그렇듯 손가락을 튕겼고, 거대한 마나의 움직임이 백무성 주위로 요동쳤다. 아무래도 마기까지 있는 상처이다보니 보통의 치료마법보다는 더 큰 마나를 필요로 하는 것 같았다.

그렇게 유리엘의 마법은 아바투르의 마기를 잠식하며 백무성의 몸을 치유해나갔다.

"호오. 역시 대단하구려. 그럼 백가주도 다 나은 것이오?"

"육체의 상처는 치유를 하였으나 단전이 깨어지며 마나가 유실된 것을 복구하려면 상당한 시일 동안 회복에만 힘써야 할 것입니다.

"그렇구려…."

"그리고 치료하는 김에 저기 쓰러진 스님들도 치료했습니다. 이미 돌아가신 분들은 어쩔 수 없겠지만 말입니다."

"아…."

유리엘의 말에 대각선사는 항마금강승들을 돌아보았다. 30여년의 시간동안 수많은 희생 끝에 간신히 다섯 명의 금강승이 만들어졌는데, 첫 출도에 두 명이 목숨을 잃고 말았다는 사실이 대각선사의 표정을 어둡게 만들었다.

비척비척 금강승 쪽으로 걸어간 대각선사는 유리엘의 마법에 의식을 찾은 세 명의 금강승들을 끌어안고 한 줄기 눈물을 흘리며 그들을 다독여 주었다.

❖

정시아는 생명을 잃을 수 있는 치명상을 입었지만, 유리엘이 심어둔 마법기 덕분에 심맥을 보호 받을 수 있어 생명에는 지장이 없었다.

게다가 지금은 유리엘이 치료마법까지 시전 한 상태라 다소 체력만 빠졌지, 상처하나 없는 상태였다.

그래서 드미트리가 정시아를 찾아갔을 때에 그녀는 최강훈과 엘리아와 함께 웃으며 이야기를 나누고 있었다.

"아까 오빠 엄청 느끼했던거 알아?"

"그… 그러니까…."

"뭐라고 했더라? 막돼먹은 입 어쩌고 였는데? 히히히."

"이거 참 도와줬던 사람한테 너무 한 거 아냐?"

"히히. 그래도 그 말이 너무 느끼해서 말야. 앞으로는 느끼남이라 불러야겠어. 키킥."

정시아는 무뚝뚝한 최강훈을 놀리면서 재미있어 했는데, 그녀의 눈 가득히 최강훈에 대한 고마움이 담겨 있다.

지금 정시아는 최강훈에게 직접적으로 고맙다는 말을 하는 것이 부끄러웠기에, 이렇게 놀리는 말로 그녀의 마음을 대신하고 있었다.

· 최강훈 역시 그녀의 그런 마음을 알고 있기에 정시아의 그런 놀림에도 전혀 기분이 상하거나 하지는 않았다.

치명상에서 회복한지 얼마 되지 않았지만 정시아의 상태는 이보다 더 좋을 수 없을 정도로 좋았다. 그것은 수십년간 가슴 속에 품고 있었던 복수를 해냈기 때문이었다.

물론 수십년간 잘못된 사람을 오해하긴 하였으나 결과적으로는 제대로 된 원흉을 찾아서 복수를 해냈기에 그녀의 기분이 좋을 수밖에 없었다.

그렇게 이야기를 나누고 있는 일행에게 드미트리가 다가와서 말을 건넸다.

"시아씨 몸은 좀 괜찮으신가요?"

"아… 네…"

"아까는 감사했습니다. 시아씨 덕분에 목숨을 구했습니다."

드미트리는 정식으로 정시아에게 고개를 숙여가며 감사의 인사를 하였고, 이유는 모르겠으나 그의 인사에 정시아의 얼굴이 붉어졌다.

그런 정시아의 모습에 엘리아는 최강훈에게 신호를 하였고, 둘은 드미트리와 정시아만을 남기고 자리를 비켜주었다.

정시아는 최강훈과 엘리아가 자리를 비웠는지도 인식하지 못하고 떨리는 목소리로 드리트리의 인사에 답했다.

"벼… 별 일 아니었어요. 그… 그리고 저도 드미트리씨한테 잘못한 점이…."

"그건 시아씨가 잠깐 오해한 것일 뿐이었지요. 사실 그런 것이 별 일이 아닌 것이지요. 하지만 다른 사람을 위해서 자신의 생사를 거는 것은 정말 큰일입니다."

거듭되는 드미트리의 감사 인사에 정시아는 자신도 모르게 가슴이 두근거리는 것을 느꼈다.

그의 말투 하나하나 행동 하나하나가 모두 그녀의 마음을 흔들고 있었다.

'뭐지? 왜 이렇지? 분명 이 사람은 그 때의 그 사람이 아닌데 내 기분이 왜 이러지?'

정시아는 지금 드미트리의 모습에서 과거 드미트리의

모습이 보였다. 드미트리는 정시아가 뱀파이어가 되기 전 인간 시절에 처음 반했던 그 모습 그대로였다.

지금까지는 드미트리를 원수로 생각하며 그 모습들을 지우기 위해서 애썼지만, 그가 원수가 아니라는 것을 안 순간 그의 모습과 행동들은 과거 그녀가 반했던 그 모습으로 정시아에게 다가왔다.

그래서 정시아의 마음은 마치 수십년 전처럼 두근거리고 있었다. 그렇게 그녀에게 새로운, 아니 수십년간 가슴 속 깊은 곳에 숨겨왔던 사랑이 다시 피어나고 있었다.

3장. 준비

현세귀환록

現世歸還錄

NEO MODERN FANTASY STORY & ADVENTURE

3장. 준비

지금 전 세계의 국가들은 초 비상사태에 들어간 상태였다. 저번 달부터 제니아 시스템에서 마나장 통합의 카운트다운 시계가 떠올랐기 때문이었다.

현재 D-87을 가리키고 있는 카운트다운 시계는 악마처리 퀘스트가 마무리되고 난지 일주일 정도 지났을 무렵 제니아의 공지와 함께 나타났다.

제니아는 공지사항에서 차원통합 및 마나장 통합의 개략적인 내용과 웜홀의 폭주까지 설명하였다.

이로서 지금까지 고위 이능력자들만 알고 있던 차원통합에 관한 사실을, 이제는 모든 사람들이 알게 된 것이었다.

특히 웜홀의 폭주를 들은 대다수의 일반인들은 패닉에 가까운 공포에 빠질 수밖에 없었다.

어느 나라에서나 종말론들이 대두하였고, 모든 생필품들이 품절되는 상황이라 상당수의 국가들이 계엄을 선포하기도 하였다.

특히 악마의 창궐 때 완전히 무너진 국가의 사람들은 세계 각국으로 이민을 신청하고 있었지만, 다른 나라들의 사정 역시 녹녹치 않아 재산과 능력을 지닌 소수의 사람들만 이민이 허용되고 있는 실정이었다.

이 혼란은 한국도 예외는 아니었다. 유리엘이 펼친 척마진 덕분에 악마들에게 입은 피해는 초반을 제외하고는 전무하였지만, 웜홀 폭주에서도 한국이 피해갈 것이라는 보장을 할 수 없었기 때문이었다.

그래서 지금 슈퍼마켓, 마트를 가리지 않고 대부분의 생필품이 동나버린 상황이었다.

하지만 강민의 집은 이런 혼란과는 관계없이 너무도 평화로운 모습이었다. 주말이라 가족모두가 정원에 모여 다과를 먹고 있는 것이 마치 다른 세상을 보는 것만 같았다.

그렇게 과일을 먹던 강서영이 강민에게 물었다.

"오빠. 우리도 뭐 준비해야 하는 거 아냐?"

"무슨 준비?"

"웜홀 폭주인가 뭔가가 된다면서. 라면이나 뭐 그런 생필품 같은 걸 사야하는 것 아닌가 싶어서 말야."

"우리 가족이 평생 먹고 살만큼 음식이 있으니까 걱정하지 마."

"엥? 어디에? 따로 창고라도 산거야?"

강서영은 집에서는 그런 창고를 본 적이 없었기에 강민이 다른 곳에 창고를 샀을 거라고 생각했다. 하지만 강민은 유리엘을 보는 것으로 대답을 대신하였다.

"언니는 왜? 아… 아공간이 있었지. 근데 아공간에 그렇게나 많이 들어가?"

강서영 역시 유리엘이 아공간을 여는 것을 본 적이 있었기에 아공간을 유추할 수 있었다. 하지만 조그만 물건을 넣고 빼는 것 밖에 보지 못했기에 그렇게 많은 물건이 들어갈 것이라고는 생각하지 못했다.

"호호호. 서울도 통째로 넣을 만큼 크니까 걱정하지 마."

"네에? 헐…. 서울을 넣다니…."

생각지도 못한 사이즈에 강서영은 혀를 내둘렀다. 그런 강서영을 보며 흐뭇한 미소를 짓고 있던 강민이 최강훈에게 말을 건넸다.

"시아는 또 그 녀석 만나러 간 거야?"

"아. 네, 형님. 요즘 데이트가 잦네요."

"드미트리 그 녀석은 새로이 루시페르의 로드에 올랐다면서 시간이 많은 가봐."

지금 강민이 말하는 그 녀석은 드미트리였다. 그 때 정시아가 드미트리의 목숨을 구해 준 이후 드미트리는 종종 정시아와 만남을 가졌고 결국 둘은 진지한 만남을 가져보기로 결정한 상태였다.

더군다나 새로이 루시페르의 로드에 오른 드미트리는 루시페르의 원래 본부였던 러시아로 돌아가지 않고 한국에 본부를 설치하며 루시페르의 재건을 천명하였기에 둘이 만날 기회는 많이 있었다.

오늘도 정시아는 드미트리와의 데이트를 위해서 밖으로 나간 상태였다.

강민의 물음에 유리엘 역시 강서영에게 물었다.

"그런데 너희들은 데이트 안 해?"

"해야죠. 헤헤."

"호호. 할 말 있으면 해봐. 그렇게 눈치만 보고 있지 말고."

"언니 알고 있었어요?"

"그래, 넌 꼭 뭐 부탁할 때 머리를 꼬는 버릇이 있잖아."

아니나 다를까 강서영은 지금 오른손으로 그녀의 귀밑머리를 배배 꼬고 있었다. 그녀는 유리엘의 말을 듣는 순간 황급히 손을 내렸고 모두들 그녀의 행동에 웃음을 지었다.

"그… 그게…."

"무슨 부탁이길래 그래?"

"언니. 힘들 거라는 건 아는데, 전에 악마들을 막은 것처럼 웜홀 폭주도 막아주실 수 있나요?"

강서영이 이야기하는 것은 정확히 말하자면 웜홀 폭주 자체를 막아달라는 것이기 보다는, 악마를 막기 위한 척마진을 펼쳤던 것처럼 한국에서 웜홀 폭주를 막아달라는 것이었다.

강서영의 말에 최강훈 역시 기대감 가득찬 얼굴로 유리엘을 보았다. 먼저 부탁하지는 못했지만, 최강훈 또한 그 부탁을 하고 싶었기 때문이었다.

강서영의 부탁에 유리엘은 미묘한 표정을 지으며 강민을 바라보았다. 유리엘의 시선을 느낀 강민은 역시라는 표정으로 고개를 끄덕이는 것으로 대답을 대신하였다.

"할 수 있지. 뭐 척마진 보다는 좀 더 힘이 들긴 하지만 말야."

척마진의 원리는 생각보다 간단하였다. 물론 한반도를 다 덮는 범위에 사용하는 것은 일반적인 마법사라면 불가능한 일이지만, 그 원리 자체는 그렇게 어렵지 않은 편이었다.

하지만 지금 강서영이 요구한 웜홀의 발생을 막는 것은 해당 지역의 차원좌표를 움직여야 하는 것으로, 유리엘이라 한반도라는 넓은 범위에 그것을 펼치는 것은 쉬운 일은 아니었다. 그러나 다소 힘이 든다는 것이지 그녀에게 불가능한 일은 아니었다.

"진짜요? 그럼 해주실 수 있어요?"

반색하며 기뻐하는 강서영에게 유리엘이 의미심장한 표정으로 대답했다.

"그래 네 부탁이니 들어줄게. 근데 한국이 빠진 만큼 주변 국가에는 더 많은 웜홀이 발생할 거야."

"아…."

어차피 웜홀의 폭주라는 것은 양 차원간의 마나 밀도를 맞추기 위한 과정이었다. 한국에서 나타날 웜홀을 막는다면 그만큼 주변국에 많은 웜홀이 생길 것이었다.

마치 물줄기의 한부분을 막으면 다른 부분으로 더 세찬 물줄기가 뿜어져 나오는 것과 같은 원리였다.

유리엘의 말에 강서영은 잠시 생각에 잠겼다. 주변국이라면 중국과 일본, 동남아 정도였다.

잠시 고민하던 강서영은 뭔가 생각해냈다는 듯 기쁜 얼굴을 하고 유리엘에게 물었다.

"언니! 혹시 모든 대륙에서 웜홀을 막으면 문제가 해결되는 것 아닐까요? 물론 언니가 힘이 많이 들긴 하겠지만…."

전 지구를 대상으로 그런 결계를 치는 것은 유리엘이라 하더라도 뚝딱 해낼 수 있는 일은 아니었다. 제니아 시스템을 만든 것처럼 많은 시간을 들여야 할 것이고 마나 위성 또한 동원해야 가능한 일일 것이었다.

즉, 가능하긴 한 일이였다. 하지만 유리엘은 고개를 저으며 말했다.

"서영아. 그렇게 할 수는 없어."

"아…. 제가 너무 무리한 부탁을 드렸지요? 미안해요, 언니."

"그런게 아니라 어차피 웜홀의 폭주는 한 번쯤은 벌어져야 하는 일이야. 억지로 이 흐름을 막는다면 차원의 구멍인 웜홀이 아니라 차원막 자체가 찢어져 버려서 더 큰 재앙이 벌어 질 수 있으니 말이야."

유리엘의 말은 흐르고 있는 수도관을 막다보면 수도관 자체가 파열되어 버리는 상황을 이야기 하는 것이었다.

"그렇군요…."

그 말을 뒤로 강서영은 잠시 고개를 숙이고 생각에 잠겼다. 유리엘이 자신의 부탁을 들어준다면 주변국가가 더 큰 피해를 입는다는 것에 대한 고민이었다.

얼마 시간이 지나지 않아 강서영은 고개를 들고 유리엘에게 말했다.

"주변 나라들한테는 미안하지만, 언니 부탁드릴게요. 저는 우리 드림시티의 아이들이, 그리고 우리나라 사람들이 더 중요해요. 그 나라에서는 저를 비난할 수 있겠지만, 저도 어쩔 수 없는 한국 사람이네요."

다소 죄책감은 들었지만, 그래도 한국을 구할 수 있다는 생각에 강서영은 부탁을 하기로 마음먹은 것이었다.

"그래 알겠어. 그럼 이왕 하는 김에 서비스로 주요 국가들의 핵심도시들 정도는 같은 결계를 펼쳐줄게."

유리엘은 별 것 아닌 것처럼 이야기 하였지만, 한 도시 범위에 결계를 펼치는 것 또한 쉬운 일은 아니었다.

"진짜요? 고마워요, 언니!"

"다른 도시에 결계를 펼치는데 왜 네가 고마워해?"

"히히. 그래도 그 곳이라도 있으면 다른 나라도 피해가 좀 줄어들 것 같아서요."

드림시티와 한국을 위해서 타국에게 피해를 줄 수 있는 결계를 부탁했지만, 강서영의 마음 한켠은 불편하였다.

그런 상황에서 유리엘이 주요 도시라도 보호할 결계를 타국에 펼쳐준다 하니 강서영은 약간이나마 마음이 편해졌다.

그렇게 강서영과 대화를 마무리한 유리엘이 강민에게 심어를 건넸다.

[역시 서영이네요.]

[그렇지, 자신의 품안에 들어온 아이들을 그냥 두고 볼
리가 없지. 준비는 다 되어 있어?]

[네, 이제 곧 발동할 거에요.]

[발동하기 전에 제니아를 통해서 공지 정도를 해주는 것
이 좋지 않겠어?]

[그래야지요. 그래야 효과를 극대화 할 수 있을테니 말
이에요.]

조금 전 강서영이 처음 웜홀 차단에 대한 말을 꺼낼 때,
유리엘이 그런 표정을 지었던 이유는 이미 그녀가 웜홀 차
단에 대한 준비를 해놓았기 때문이었다.

과거 악마 창궐 때 그녀가 마음에 상처를 입은 것을 고
려하여 유리엘이 조치를 취하려 했던 것이었다. 즉, 강서
영의 부탁이 없었어도 한국 전역과 다른 국가들의 주요 도
시들에 대한 웜홀 차단을 할 예정이었다.

다만, 강서영이 부탁할 때 그런 이야기를 하지 않은 것
은 그녀가 그런 부탁을 할 때, 어느 정도의 각오가 되어 있
는지 알아보기 위해서였다. 그것은 자신의 부탁의 무게를
깨닫길 바라는 마음에서였다.

사실 강민과 유리엘이 제니아를 통해 차원통합과 웜홀
의 폭주에 대해 사전에 알린 것은 인류가 단합하여 그것에
대한 대비를 하길 원했던 것이었지, 이렇게 패닉에 빠지길
원했던 것은 아니었다.

하지만 모든 인간이 강민과 유리엘처럼 강한 정신력을 갖고 있는 것이 아니었기에, 강민의 의도와는 달리 사람들은 대비를 하기 보다는 공포에 빠져서 허우적대고 있었다.

이대로라면 패닉에 빠진 사람들이 제대로 대응을 하지 못하여 생각보다 더 큰 피해가 발생할 수도 있을 것이라는 판단에, 강민과 유리엘은 무언가 사람들이 기댈 수 있는 것을 주기로 마음먹었다.

그것이 바로 주요 도시에 웜홀 발생을 차단하는 일이었다. 그래서 처음에는 강서영을 배려하기 위해서, 한국 정도에만 펼치려던 결계를 각국의 주요 도시까지 다 확장하여 펼치려고 계획을 변경한 것이었다.

물론 웜홀을 차단하는 것이지, 마물을 막는 것은 아니어서 도시 외부에서 발생한 웜홀에서 나온 마물들이 도시 내부로 들어오는 것은 각 국에서 알아서 처리하여야 했다.

하지만 그것만으로도 결계 내부의 사람들은 큰 위안을 얻을 수 있을 것이었다. 도시의 외곽만 지키면 되기 때문이었다.

도시의 외곽만 잘 지켜낸다면 충분히 삶을 이어갈 수 있을 것이기에, 이제는 희망을 가진 사람들은 강민과 유리엘의 의도대로 마물에 대한 대비를 할 것임이 분명하였다.

"그 정도만 해도 충분 할 것 같군. 너무 의존하게 해도 안 될테니 말이야. 그런데 웜홀 차단 결계는 영구히 유지되는 거야?"

결계의 유지 기간은 굳이 강서영이 듣지 말아야 하는 이야기가 아니었기에 강민은 심어가 아닌 육성으로 유리엘에게 물었다.

"음. 일단 추후 상황을 봐야할 것 같은데, 지금 상황에서는 영구히 까지는 아니고 아무래도 제가 있을 동안만 유지 될 것 같네요."

"그래? 왜 그런거지?"

"그게 안정화 된 차원에서라면 몰라도 지금 차원통합이 진행되는 이 차원에서는 유동적인 차원의 흐름에 대응하려면, 아무래도 주기적으로 대응 술식의 대역대를 수정해야 해서 그래요. 뭐 제니아에게 맡길 수도 있겠지만, 제니아의 역량으로 그것까지 하려면 지금 시스템을 운용하는 것에도 차질이 생길테니 아무래도 힘들 것 같네요."

제니아는 분명 대단한 능력을 지닌 인공정령이었지만, 그 한계가 있었다. 제니아 시스템을 유지하면서 지금 유리엘이 말한 것까지 다 수행하기에는 다소 역량이 떨어진다 할 수 있었다.

어쨌든 결계가 영원하지 않다는 유리엘의 말을 들은 강서영은 놀라는 표정으로 그녀를 바라보며 입을 열었다.

"그… 그럼 그 결계라는 것이 영원하지는 않은 것이에요?"

"호호호. 그래도 네가 살아 있을 동안은 충분히 유지 될 거야."

"그… 그치만… 그래도 우리 아이들도 있을테고…."

"아이들? 결혼도 안 해놓고 아이들이라니…. 설마…."

유리엘의 의미심장한 표정에 그녀가 무슨 생각을 했는지 눈치를 챘는지 강서영은 깜짝 놀라며 손사래를 쳤다.

"언니! 그게 아니구요. 드림시티! 드림시티의 아이들 말이에요. 제가 죽고나서도 드림시테에서는 계속해서 아이들을 받아들인 건데 언니가 돌아가시고 나면 결계가 사라진다하니…."

영원한 삶을 사는 강민과 유리엘이 죽을리는 없지만, 그것을 모르는 강서영은 유리엘이 있는 동안이라는 말을 그녀가 살아있는 동안이라는 뜻으로 이해하였다.

다만 가족들이 다 세상을 떠나고 나면 둘 역시 다른 차원으로 갈테니 강서영이 생각하는 것과 결과는 비슷하게 나올 것이었다.

그렇게 다소 시무룩해진 그런 강서영을 보며 유리엘이 걱정 말라는 식으로 그녀에게 말했다.

"내가 없는 상황도 충분히 대응할 수 있도록 계획 되어 있으니 너무 걱정 마."

유리엘의 대답에 호기심을 느꼈는지 이번에는 강민이 그녀에게 물었다.

"대응이라니? 유리, 어떤 대응이야?"

"아직은 생각만 하고 있는 것인데, 웜홀의 수준에 맞추어 별도의 아공간을 설정해서 그리로 마물을 모으는 방식이에요."

강민은 유리엘 없이 제니아 혼자 아공간을 운영한다는 말에 고개를 갸웃거리며 말했다.

"아공간? 제니아가 아공간을 운영할 수 있을까?"

"어차피 지금 시스템에서도 사용자들의 수련을 위해 다르마 포인트를 활용하여 아공간을 열어주고 있잖아요. 그것의 다른 버전 정도로 생각하면 되겠죠."

"음… 그건 단순히 열어주기만 하는 것이잖아. 제니아가 아공간을 유리처럼 마음대로 컨트롤 하지는 못할 것 같은데 말이야…"

강민의 생각은 당연하다 할 수 있었다. 유리엘이 아공간을 다루는 능력은 그녀의 영혼에 담겨져 있는 능력이기 때문에 배우려 해도 배울 수 없는 능력이었다.

아무리 유리엘이 제니아를 만들고, 아공간에 대한 능력을 부여했다 해도 유리엘처럼 운용하기는 힘들 것이었다.

"그렇지요. 저처럼 다루지는 못하겠지요. 그래서 나중에 만들 시스템에서도 지금 수련 시스템처럼 제니아는 단순히 아공간을 열고 비슷한 정도의 마물을 모으는 것 정도의 역할만 할 거에요. 뭐 그렇게 아공간 시스템이 도입되면 수련에서 아공간을 쓸 수는 없겠지만, 현실에서 실전을 통해서 실력을 올릴 수 있을 테니 상관없을 것 같네요."

설명하는 유리엘의 말에 납득을 했는지 고개를 끄덕이며 강민이 말했다.

"뭐 그렇다면야…."

"다만 제니아가 아공간을 마음대로 컨트롤 할 수 없는만큼, 무한정 마물을 모을 수만은 없을 거에요. 일정 이상의 마물이 쌓이면 그 아공간은 사라지겠지요. 최초 설정한한계이상의 마나를 받아들여 터진다고 해야 하려나? 뭐그런 방식이에요."

유리엘이 직접 한다면 자유자재로 아공간을 조절 할 수있을 것이지만, 역시 제니아는 아무리 유리엘의 술식으로아공간을 연다고 하더라도 그 아공간을 유리엘처럼 조절할 역량까지는 되지 않았다.

유리엘의 마지막 말에 강민은 뭔가 이해가 가지 않는다는 표정으로 그녀에게 반문하였다.

"그렇다면 마물이 한두 마리씩 나오는 것이 아니라 수십, 수백 마리가 나와서 오히려 더 위험하지 않을까?"

당연한 의문이었다. 영구히 모아둘 수 있다면 모를까,

한도 이상이 되면 터진다면 호미로 막을 것을 가래로도 막기 힘든 상황이 될 수도 있었다. 하지만, 유리엘이 그것을 생각하지 않았을 리가 없었다.

"호호호, 당연히 모으기만 할 목적으로 만드는 것은 아니지요. 아공간은 이곳에서도 들어갈 수 있도록 만들테니, 아공간이 터지기 전에 그곳으로 들어가 마물을 다 처리한다면 일반인의 피해 없이 마물을 사냥할 수 있을 것 같아요."

웜홀은 일방통행의 통로였다. 즉, 한 웜홀을 통해서는 A라는 차원에서 B라는 차원으로 갈 수만 있지, B라는 차원에서 A라는 차원으로 돌아올 수는 없었다. 돌아오기 위해서는 다른 웜홀을 찾아야 할 것이었다.

하지만 지금 유리엘이 만든 아공간은 웜홀의 출구와 아공간을 연결하여 마물들을 가두고, 이후 지구에서도 아공간으로 들어올 수 있는 입구를 만든 일종의 통발과도 같은 구조였다.

물론 통발처럼 한 번 들어가면 임의로 탈출할 수는 없고, 마물을 다 처리하거나 아공간의 핵에서 정해진 방식으로 탈출 술식을 발동하여야 탈출이 가능하도록 조치할 계획이었다.

"괜찮은데? 그렇게 된다면 전투가 벌어지는 전장과 생업을 이어가는 생활의 터전을 구분할 수 있겠군."

고래로 전쟁에서 피해는 직접적인 전쟁의 당사자들보다는 전장의 주위에 있는 민간인들에게서 더 큰 피해가 나왔다.

하지만 지금 유리엘이 말한 방법이 사용된다면 전장을 일반인들이 살아가는 곳에서 분리하여 불필요한 일반인 피해를 막을 수 있을 것이었다. 그야말로 획기적인 방법이라 할 수 있었다.

"다만, 웜홀 폭주 때는 이 방법을 사용하긴 힘들 것 같아요. 물 밀 듯이 쏟아져 나오는 마물들 때문에 아공간에 가두어 둔다한다 하더라도 곧바로 다 터져버려서 의미가 없을테니 말이에요. 우선은 처음 생각한대로 결계로 진행을 하고 차후에 아공간 방식을 적용하죠."

"그래, 일단 주요 도시에 결계만 치더라도 문명을 유지할 정도의 사람들은 살릴 수 있을테니 말이야. 그 정도면 충분히 재기 할 만하겠지."

강민이 고개를 끄덕이며 말하자, 유리엘은 문득 생각났다는 듯 강민에게 물었다. 다만 이야기는 강서영이 충격을 받을 것을 감안하여 심어로 하였다.

[그런데 얼마나 살아남을까요?]

[글쎄, 음…. 절반 정도는 살아남지 않을까?]

[절반이라니 민은 인간의 생존율을 높게 보네요. 결계 안에 들어온 사람들의 수는 지금 이주한다 하더라도 전체 인구의 사분지 일도 안 될 것 같은데 말이에요.]

유리엘의 말처럼 결계에 포함되는 주요 도시의 인구수는 전체 지구 인구의 20% 정도 수준이었다. 그렇기에 강민의 절반이라는 추정은 낙관적인 생각이라 할 수 있었다.

　하지만 강민 역시 근거 없이 그런 이야기를 한 것은 아니었다.

　[그렇지, 결계 안의 사람만 치면 그것밖에 안 되겠지. 하지만, 결계가 펼쳐진 주요 도시를 거점으로 해서 인류가 투쟁을 한다면 절반 정도의 생존율이 그리 가능성이 없는 숫자는 아닐 것 같은데 말이야.]

　[흠… 그럴 수도 있겠네요. 한 번 두고 봐야겠어요.]

　강민의 추정대로 절반 정도의 생존율을 보인다고 해도 그 숫자는 어마어마하다 할 수 있었다. 현재 80억명의 인구 중에서 절반이라 하면 거의 40억명의 인구가 사멸하는 것이었다.

　지구 인구의 1%인 8천만명만 하더라도 한국의 인구수보다도 많은 숫자였다. 그런데 40억명이라면 가히 천문학적인 사망자였다.

　즉, 웜홀의 폭주는 지금까지 지구상에 있었던 어떤 재앙보다도 많은 사상자를 낼 재앙이라 할 수 있었다.

　다만, 지구의 생산력을 생각한다면 지금처럼 80억의 인구는 아니지만 어느 정도까지 인구수를 회복하는데 그리 오랜 시간이 걸리지는 않을 것이었다.

실제로 1980년대에 인구수가 40억명 정도인데 그 인구
가 80억명까지 불어나는데 40년 정도의 시간 밖에 걸리지
않았다.

마물들이 창궐한다는 것을 감안하더라도 문명자체가 없
어지지는 않을 것이고 넘쳐나는 마정석으로 인한 마나 문
명까지 폭발적으로 성장 할테니, 지구의 인구수가 절반으
로 떨어졌다 하더라도 얼마 지나지 않아 다시 빠르게 불어
날 것이 자명하였다.

❖

제니아의 카운트 다운 시계가 D-80을 가리키는 날이었
다. 능력자라면 느낄 수 있을만한 거대한 마나유동이 발현
되더니, 얼마 지나지 않아 모든 지구인의 머릿속에서 제니
아의 목소리가 들려왔다.

[미리미리 알려주었으면 어떻게 대응할지를 생각해야
지, 공포에 빠져서 삶을 포기하다니. 나약한 인간들이란 어
쩔 수 없군. 어쨌든 공지사항이다. 미약한 정신력을 가진
네 놈들 때문에 주인님께서 다시 한 번 수고를 해주셨다.]

제니아의 목소리는 못마땅하다는 뉘앙스가 가득하였지
만, 그녀 역시 전달자에 지나지 않았기 때문에, 조금 전에
시전한 웜홀 차단결계의 내용을 알려주기 시작했다.

[지금 지도에 표시해주는 부분은 이번 웜홀의 폭주 시 웜홀이 나타나지는 않을 것이다. 주인님께서 친히 결계를 펼쳐 주셨기 때문이지. 아. 그렇다고 마물이 결계 안으로 들어오지 못하는 것은 아니야. 웜홀의 출현만 막는 것이니 결계 밖에서 나타나서 결계 안으로 들어오려 하는 마물은 알아서 막도록.]

여기까지 말을 한 제니아는 각 사람들의 머릿속에 세계 지도를 떠올려 주었다. 그리고 그 지도에는 200여개의 표식이 나타나 있었다.

지도의 표식을 확대해서 보면 한 도시를 감싸고 있는 원형의 결계를 확인 할 수 있을 것인데, 만일 세계의 도시 현황에 대해서 아는 사람이 보았다면 결계가 펼쳐진 곳의 규칙성을 떠올릴 수 있었을 것이었다.

지금 결계가 펼쳐져 있는 곳은 인구 3백만 이상의 대도시와 국가별 수도였다. 한 국가의 수도는 인구가 3백만에 미치지 못하더라도 유리엘이 결계를 펼쳐 준 것이었다.

다만, 악마의 창궐로 이미 국가의 존립을 포기한 소국들은 그런 배려에 포함되지 않았다.

한 가지 특이한 점은 한국은 도시가 아니라 국토의 전역이 다 들어가 있다는 점이었다. 결계를 펼친 유리엘과 연관이 있는 사람들이라면 그 이유를 알았지만 다른 사람들은 한국만이 이런 배려를 받는 이유를 알 수가 없었다.

[어쨌든 주인님께서 이런 수고로움까지 감수하시니 더 이상 멍청한 짓 하지 말고 얼마 남지 않은 시간동안 제대로 된 대응책이나 준비해서 최대한 많은 인간들이 살아남을 수 있도록 노력해보도록.]

그렇게 제니아의 공지는 끝이 났다. 그녀의 말을 간단하였지만, 그 속에 담긴 내용과 의미는 간단하지 않았기에 세계는 다시금 소란스러워졌다.

하지만 그 소란은 지금까지처럼 공포와 패닉만이 가득한 소란은 아니었다.

물론 공포 분위기가 완전히 사라진 것은 아니었고 여전히 세기말적인 혼란스러운 분위기는 팽배하여 있었지만, 하나의 희망의 불씨가 나타난 이상 전과 같은 절망적인 분위기는 아니라고 할 수 있었다.

어디에도 기댈 곳이 없는 상황과 어디 한 군데에는 기댈 곳이 있는 상황은 천지차이로 다르기 때문이었다.

즉, 세계는 제니아의 공지로 인하여, 정확히 말하자면 유리엘의 웜홀 차단 결계 덕분에 생긴 희망으로 서서히 활기를 찾아 가기 시작했다.

물론 모두가 그런 희망에 있는 것은 아니었다. 자신의 거주지가 결계 안에 들어가지 못한 사람들은 또 한 번의 좌절을 맛보았기 때문이었다.

그래도 전과 같은 좌절은 아니었다. 적어도 결계에 포함

된 도시로 옮겨 갈 수 있다면 살아남을 수 있을테니 말이었다.

그래서 결계 밖의 모든 사람들은 국가의 수도나 주요 도시처럼 결계가 펼쳐진 곳으로 이주하려고 움직이기 시작했다.

다만 결계가 도시의 외각까지 다 포함할 정도로 넓긴 하였지만, 결계 밖의 모든 사람들이 들어올 수 있을 정도로 넓진 않았다.

결국 대부분의 도시들은 넘쳐나는 이주자들 때문에 출입에 제한을 두기 시작했다. 그렇게 하지 않는다면 도시 자체를 유지할 수가 없을 것이기 때문이다.

이 때문에 운이 좋게 결계 안에 포함된 사람들과 운이 나빠 결계 안에 들어가지 못한 사람들의 갈등이 빚어지기 시작했다.

도시 밖에 있던 사람들은 어떻게든 도시 안으로 들어가려 하였고, 도시 안의 사람들은 점점 악화되는 도시의 치안과 환경 때문에 도시로의 이주를 강력히 막기를 원했다.

그렇게 새로운 사회 문제가 대두된 것이었다.

하지만 그런 갈등조차 삶에 대한 새로운 희망에서 비롯된 것이기에, 세계의 상황은 전보다는 훨씬 나아졌다고 할 수 있었다.

그렇게 멸망으로 치달으며 죽어가던 세계가 다시 살아나는 듯한 느낌이 들었다. 그리고 그 활기의 중심에는 한국이 있었다.

✛

"대통령님. 이번 안건은 투자 제안 건입니다."

"이번에는 누군가?"

"미국을 본사로 둔 KPI그룹의 회장 마이클 콜입니다."

"KPI 그룹이라면 세계 10대 그룹 안에 드는 대기업이 아닌가?"

KPI 그룹은 세계적인 투자은행으로 미국기업이라기보다는 글로벌 기업이라 할 수 있었다. 다만, 본사와 주요 주주들이 미국인이다 보니 미국 기업이라 불리는 경우가 많았다.

"그렇습니다. 어떻게 하시겠습니까?"

"얼마 정도 투자한다던가?"

"5년간 100억달러의 투자를 계획 중에 있다고 하는군요."

100억 달러면 한국 원화로 10조원이 넘는 엄청난 돈이었다. 그런 큰 자금의 투자 제안이지만, 지금 윤강민 대통령은 섣불리 판단하지 않았다.

평소라면 두말할 것도 없이 투자를 받아들이고 각종 편의를 보아주겠지만, 지금은 이 CIP 그룹의 투자조차 고민해봐야 할 정도로 수많은 투자 제안이 이미 도착해 있었기 때문이었다.

"조건은 또 그건가?"

"네, 한국에서 거주 자유를 얻고 싶다고 하는 군요."

제니아의 공지 이후 한국은 특별한 나라가 되었다. 바로 모든 이가 들어와서 살고 싶어하는 나라가 된 것이었다.

다른 나라들이 많아야 몇 개의 도시가 웜홀 차단 결계의 혜택을 받는 것에 비해, 한국은 국토의 전역이 결계의 수혜를 받을 수 있기 때문이었다.

당연히 세계 각국에서는 한국으로의 이민 요청이 쇄도하였다. 지금까지 한국은 투자 이민이나, 전문 기술직의 이민은 어느 정도 자유로이 허용해왔으나 이제는 상황이 달라졌다.

결계의 수혜지가 되는 도시들이 출입 제한을 가하듯이 한국 역시 이민과 국내 여행을 제한하여야만 하였다.

그렇게 하지 않는다면 한국의 인구는 한국의 국토가 받아들일 수 있는 수준 이상의 인구가 들어와 버릴 것이기 때문이었다.

이미 여행으로 온 수많은 관광객들이 한국에 눌러 앉아 버린 상태였기에 한국의 조치는 어쩌면 당연한 것이었다.

다만 북한의 개발을 전략적으로 추진하던 윤강민 대통령은 일종의 투자 이민은 허용하는 쪽으로 방침을 잡았고, 그런 내용을 미디어를 통해서 발표하였다.

KM그룹과 백산그룹을 비롯한 많은 국내 대기업들이 참여하여 50조원이 넘는 천문학적인 돈이 투자 되었지만, 그간 독재로 인해 개발되지 못했고 전쟁의 피해까지 입은 북한을 개발하는 데는 한참 부족한 자금이었기에 해외 투자 유치를 끌어모으려 했던 것이었다.

그 이후 전세계의 수많은 개인과 기업들이 투자를 제안하였고, 이미 북한의 기본적인 시설들을 설치하는데 필요한 비용은 대부분 마련이 된 상태였다.

사실 100억 달러의 투자금은 초기만 하더라도 100% 승인되는 금액이었고 그에 따른 상당한 편의도 보아줄 정도로 큰 금액이었지만, 지금은 수많은 투자 제안 중의 하나로 그칠 정도로 현재 수많은 투자 제안들이 한국 정부로 들어온 상태였다.

그렇기 때문에 윤강민 대통령은 이제는 '을'이 아닌 '갑'의 위치에서 투자 제안을 검토할 수 있었다.

"거주 자유의 범위는?"

"대주주 및 주요 임직원들의 가족입니다."

"몇 명이나 되던가?"

"다 포함하니 대략 5천명 정도 되었습니다."

"5천명? 아까 5년간 100억달러라고 했나? 1년에 20억 달러 정도라는 말인데… 그럼 결과적으로 1인당 4억원 정도의 투자라는 말이군."

윤강민 대통령의 계산을 듣던 이기우 비서실장은 고개를 끄덕이며 대답했다.

"연간으로 치자면 그렇습니다. 그렇지만 5년을 보면 1인당 20억원 정도입니다."

"허허. 세계 10대 그룹 안에 드는 투자회사가 이 정도 제안을 하다니 별로 급하지 않나보지?"

"무슨 말씀인지…."

"몰라서 묻는 건가? 지금 이민세가 얼마인가?"

"그… 그게…."

이민세는 한국 전역에 결계가 펼쳐진 것이 알려진 이후 외국에서 수많은 이주자들이 몰려 들었기에, 이민을 원하는 외국인들을 대상으로 부여한 세금으로 새로 생긴 세금 제도였다.

그 이민세가 지금 인당 2억원이었다. 최초 인당 1억원으로 책정하였는데, 그래도 너무 많은 사람들이 몰려들자 지금 2배로 올린 것이 2억원이었다.

문제는 2억원도 아랑곳 않고 계속 신청이 들어오고 있어서 지금 국회에서는 아예 10억으로 올리자는 제안까지 나오고 있는 실정이었다.

이런 이민세의 부과는 비단 한국에서만 벌어지는 일은 아니었다. 다른나라에서는 국가 단위는 아니었지만 도시 단위에서 비슷한 명목의 세금이 부과되고 있었는데, 그 금액이 국가별로 천만원 선에서 수십억원에 이르기까지 다양한 상황이었다.

어쨌든 그런 상황에서 세금도 아닌 투자 금액이 인당 4억원이라는 것은 지금 한국에는 전혀 구미가 당기지 않는 제안이었다.

처음 100억 달러라는 말을 들었을 때에는 큰 금액으로 보였지만, 한명 당 금액을 계산해보니 전혀 큰돈이 아니었던 것이었다.

물론 5년간 투자하니 결과적으로는 인당 20억 정도의 투자금액이긴 하나 5천명의 영주권을 얻는 대가로 부족하다 할 수 있었다.

그리고 비서실장의 자리에 있는 사람이 이를 모를 리가 없었다. 그 생각이 든 윤강민 대통령은 은근한 표정으로 비서실장을 보며 물었다.

"자네… 혹시 KPI 그룹과 사적으로 만난 적이 있는가?"

표현은 사적으로 만났는지를 묻는 것이었지만, 그 속내는 KPI 그룹에서 금전이나 향응을 받았는지를 물어보는 것이었다.

"아… 아닙니다. 그런 일 없었습니다."

"그런가? 음… 알겠네. 일단 KPI 그룹의 투자 제안은 거절하는 것으로 하지."

"네, 알겠습니다. 대통령님. 기재부에도 그렇게 전달하겠습니다."

KPI의 투자에 대한 이야기를 마무리한 윤강민 대통령은 다음 안건으로 넘어가자는 제스처를 취했다. 대통령의 제스처에 이기우 비서실장은 서둘러 다음 안건에 대해서 말했다.

"이번 건은 방호벽 설치에 관한 건입니다."

"그렇지. 방호벽은 어디까지 진행이 되었나?"

"전라남도 쪽에서는 골조 공사가 마무리 단계에 들어갔는데, 함경도 쪽은 아직…."

"뭐? 비슷한 시기에 진행했는데, 왜 그렇게 차이가 나는 것이지?

"그게… 북한 쪽의 도로 상황이 좋지 못해서 그렇습니다. 도로를 개설하면서 결계의 한계선에 나가다 보니 아무래도 시간이 더 걸리고 있습니다."

지금 대통령과 비서실장이 이야기 하는 것은 웜홀의 경계선에 칠 방호벽에 대한 내용이었다.

유리엘의 결계는 한국 전역을 '거의' 덮고 있지만 모두 포함하고 있는 것은 아니었다. 유리엘은 척마진 때 펼쳤던 범위와 동일한 구역에 웜홀 차단 결계를 펼쳤는데, 그 범위에는 척마진과 마찬가지로 백두산을 포함한 함경도의 일부와 제주도를 포함한 전라도의 일부는 제외되어 있었다.

결계 밖의 마물이 결계 안으로 들어올 수 있다는 것은 이미 공지된 사실이었기 때문에 지금 한국 정부는 결계의 범위에 맞추어 20미터 높이의 방호벽을 건설 중이었다.

물론 강대한 마물은 벽을 넘거나 부술 수 있겠지만, 방호벽에 상당수의 능력자들을 배치하여 벽 밖에서 격살한다면 마물이 벽 안으로 들어와서 분탕질을 치는 것을 막을 수 있을 것이라는 계산에서 설치하는 것이었다.

그리고 당연히 이 방호벽은 한국에서만 하는 것이 아니었다. 아니, 오히려 미국과 유럽의 각 국가들이 시행하는 것을 보고 한국정부에서 따라하는 것이었다.

지금 결계가 펼쳐진 세계 각국의 도시들은 도시 외각의 결계선을 따라서 중세시대 성곽과 같은 거대한 높이의 방호벽을 세우는 것이 유행 아닌 유행이었다. 민간인의 피해를 최대한 막아보고자 하는 노력의 일환이라 할 수 있었다.

"그렇군. 넓은 범위에 방호벽을 올려야 하니 시간이 걸린다는 것은 알겠지만, 최대한 서둘러 주게나. 신이 도와 우리나라에 이런 기회를 주셨는데, 만에 하나라도 피해가 생기지 않도록 우리가 노력해야 하지 않겠나?"

"그렇지요."

"그리고 제주 주민 소개(疏開)작업은 어떻게 되어가고 있는가?"

"예상보다 주민들이 잘 협조해주고 있어 카운트다운이 끝나기 전에 모두 철수 할 수 있을 것 같습니다."

제주도 역시 결계의 범위에서 빠져 있기에, 정부 차원에서 결계 안으로 주민들을 이주 시키고 있었다.

주민들 역시 제니아의 공지를 보고 들었기에, 이런 정부의 방침에 잘 협조해 주고 있는 상황이었다.

"다행이군. 어쨌든 방호벽 설치를 서둘러 주게. 다른 보고 사항은 없나?"

"네, 오늘은 여기까지입니다."

"그렇군. 그럼 그만 나가보게."

"네, 대통령님."

왠지 식은땀이 난 것처럼 보이는 이기우 비서실장이 나간 뒤 윤강민 대통령은 사무용 전화기의 수화기를 들고 단축 버튼을 눌렀다.

단축 버튼에 불이 들어온 곳은 이청영 공직자비리수사처장이라고 쓰여진 곳이었다.

이기우 실장은 다른 안건으로 넘어가서 다소 안심하는 듯 보였지만, 윤강민 대통령은 전혀 넘어갈 생각이 없었다.

공직자비리수사처, 줄여서 공수처는 윤강민 대통령이 대통령직에 오르고 가장 먼저 창설한 기관으로 이름 그대로 공직자, 특히 고위 공직자들의 비리를 수사하고 기소하는 특수 부서였다.

이 공수처가 만들어지게 된 계기는 검찰은 누가 감찰하고 감사는 누가 감사를 하냐는 그런 국민들의 요구에 부합하기 위해서였다.

그렇게 만들어진 공수처는 대통령의 직속기관으로 자체 수사와 대통령의 명만 받아 움직이는 기관으로 외압의 여지가 적은 곳이었다.

두 번의 통화음이 울리더니 이청영 처장이 전화를 받았다.

[네, 대통령님. 이청영입니다.]

"이처장, 이기우 실장 알지요? 우리나라에 결계가 펼쳐진 이후부터 오늘까지 이기우 실장의 행적에 대해서 조사해서 보고해주시오."

비서실장의 자리는 대통령과 가장 가까운 자리였다. 늘 독대를 할 수 있음은 물론, 사적으로는 친구라 할 수 있을 정도로 가까운 자리이자 사이였다. 그만큼 책임과 권한이 큰 자리라고 할 수도 있었다.

그런 비서실장에 대한 조사를 명령 받아서인지 이청영 처장은 약간 당황한 듯한 목소리를 내며 한차례 반문을 하였다.

[네? 비서실장말입니까?]

"그래요. 비서실장. 제 말 잘 안 들리시나요?"

이청영 처장의 반문에 윤강민 대통령이 약간 역정을 내는 것 같자, 이 처장은 긴장하며 재빠르게 대답하였다.

[아… 아닙니다. 대통령님. 지시하신 사항 잘 알겠습니다.]

"이번 주 중으로 중간보고라도 부탁드리겠습니다."

[네, 알겠습니다. 대통령님!]

그렇게 전화를 끊은 윤강민 대통령의 눈이 깊게 가라앉아 있었다. 아무래도 이기우 실장이 뒤가 구린 행동을 했을 것이라는 생각이 들어서였다.

'이 실장, 그러지 않았으면 좋겠지만 만일 그렇다면 아쉽지만 당신과 같이 일하기는 힘들겠소. 휴… 내 안목은 아직 멀었군….'

윤강민 대통령이 자책하는 것은 자신이 비리를 무엇보다도 싫어한다는 것을 이기우 비서실장이 누구보다도 잘 안다고 생각했는데, 그 비서실장이 비리를 저질렀다고 생각하니 자신의 안목에 대한 회의감이 들어서였다.

'그런데 정말 한국이 신의 축복을 받기라도 한 것인가? 어떻게 이런 일이 연이어서 벌어지는 것이지? 김세훈 지부장도 잘 모르는 눈치던데 벤자민 총재는 이 일을 좀 알고 있으려나? 한 번 만남을 주선해봐야겠군.'

윤강민 대통령은 이능력과 무관하기는 하였지만, 이능 세계가 수면 위로 등장한 상황에서 유니온에 대해서는 모를 수가 없었다.

그래서 유니온 한국지부장인 김세훈 지부장도 몇 차례 만난 경험이 있었지만, 강민과 유리엘의 존재는 전혀 모르고 있었다.

✣

지금 유니온은 정신을 차릴 수 없을 정도로 많은 일을 하고 있었다. 제니아의 공지 이후 세계 각국의 지부 및 지역 본부에서 수많은 문의와 협조요청이 들어오고 있었기 때문이었다.

작은 일로는 유니온의 요원들을 자신의 도시로 보내달라는 요청이었고, 크게는 자신의 국가 방위 전부를 유니온에게 맡기고 싶다는 제안도 있었다.

당연히 그에 따른 보상도 해주겠다고 했지만, 지금 유니온이 개입하여야 하는 곳이 한 두군데가 아니었기 때문에 그런 식의 제안은 대부분 거절하고 있는 상황이었다.

이런 상황에서 가장 큰 이슈 중의 하나가 바로 유니온 본부의 이전이었다.

현재 유니온 본부는 볼티모어에 자리하고 있는데, 볼티

모어는 인구가 백만이 안 되는 중간 규모의 도시기 때문에 유리엘의 결계에서 빠져 있는 상황이었다.

그렇기 때문에 어떤 식으로든지 본부의 안전을 강구해야 하는데, 가장 손쉬운 방법이 결계도시로 이전하는 방법이었다.

물론 유니온 본부에는 수많은 능력자들이 있었기에 수많은 본부 근무자들은 본부가 비록 결계의 수혜를 보지 못한다고 해도 웜홀의 폭주 정도에 자신들이 무너질 것이라는 생각은 하지 않았다.

하지만 벤자민을 비롯한 수뇌부들은 생각은 전혀 달랐다. 일단 웜홀의 폭주가 어느 정도의 수준으로 일어날 것인지에 대한 데이터가 전혀 없었기 때문에 수뇌부에서는 당연히 안정적인 곳인 결계 안으로 본부를 이전해야 한다는 생각이었다.

제니아 시스템의 등장 이후로 총재인 벤자민이 8서클 마법사가 되었고, 주요 간부들도 상당수가 S급에 이르고 있지만, 그래도 그랜드마스터 급이라 할 수 있는 SSF급 이상의 마물이 등장한다면 이겨내기가 힘들었기 때문이었다.

더군다나 전 세계적 혼란 상황에서 유니온이라도 제대로 기능해야 그 혼란을 그나마 줄일 수 있을 것이라는 대외적인 명분도 있었기에, 유니온 본부의 이전 절차는 일사천리로 진행되고 있었다.

얼핏 생각해보면 유니온의 본부 이전이 쉽지만은 않아 보였다. 그도 그럴 것이 지금 대부분의, 아니 모든 결계 도시들은 도시 밖 사람들의 도시 내 이주를 제한하고 있었기 때문이었다.

그런 상황에서 본부의 직원들과 그들의 가족까지 다 포함한다면 10만 명이 넘는 어마어마한 숫자의 사람들이 이전해 오는 것을 반길 도시는 드물어 보였다.

하지만 그것은 일반인들이 이주 한다고 생각했을 때에 대한 이야기였다.

지금 많은 도시들은 일반인이 아닌 능력자, 특히 고위능력자들에 대해서는 수많은 특혜를 주면서 자신의 도시로 끌어들이려고 하였다.

조건은 단 하나였다. 나중에 있을 웜홀의 폭주시 도시방위대로 활동하는 조건이었다.

이런 상황에서 수많은 능력자들의 모임이라 할 수 있는 유니온 본부의 이전은 엄청난 전력을 얻을 수 있는 획기적인 기회였다.

그렇기 때문에 수많은 도시들, 아니 국가들의 수뇌부에서는 유니온 본부에 대한 러브콜을 보내고 있었다.

하지만 유니온이 갈 곳은 어차피 정해져 있었다.

"유니온 본부는 통일한국의 평양, 예전 북한의 수도였던 그 도시로 이전하겠습니다."

벤자민의 발언에 장내는 술렁거리기 시작했다.

유니온의 정관에 본부 위치의 결정은 명목상 총재의 권한이기는 하였지만 아직 한 번도 본부를 이전 한 적이 없었기에 있으나 마나한 조항이었다.

하지만 벤자민이 그 조항을 명분으로 생각지도 못한 장소를 본부의 이전지로 언급하자 장내의 본부장들은 당황하는 기색이 역력하였다.

그 중 북미지역 본부장인 제너럴 피어는 어이없다는 표정을 감추지 못하며 벤자민을 향해 외쳤다.

"총재님! 뜬금없이 한국이라니요? 당연히 워싱턴 DC로 옮기는 것 아니었습니까?"

제너럴의 말에 벤자민은 되려 의아하다는 표정으로 그에게 반문하였다.

"왜 워싱턴으로 가야한다는 말인가요?"

"당연히 유니온의 본부는 미국 내에 있어야 할 것이고, 이전 거리와 각종 여건을 생각해보아도 그나마 수용에 여유가 있는 워싱턴이 좋지 않겠습니까?"

제너럴의 말은 틀리지 않았다. 볼티모어와 가장 가까운 결계도시가 워싱턴이기 때문에 이전 거리 등의 요인을 보았을 때 워싱턴이 가장 좋은 선택지라 할 수 있었다.

더군다나 워싱턴은 뉴욕처럼 포화상태도 아니었기에 제너럴은 유니온 본부가 워싱턴으로 옮겨갈 것을 믿어 의심치 않고 있었다.

하지만 벤자민의 생각은 달랐다.

"전제부터 잘못되었네요. 왜 유니온의 본부가 미국에 있어야 하는 것이죠?"

벤자민의 질문에 제너럴 어이가 없다는 표정으로 반문하였다.

"그야 당연한 것 아니겠습니까?"

유니온의 전신이라 할 수 있는 에스퍼즈의 창립 배경을 아는 사람이라면 제너럴이 이렇게 말하는 것을 충분히 이해할 수 있었다.

과거 유니온이 생기기 전, 아니 에스퍼즈가 생기기 전에는 이능세계에서 초능력자들의 입지는 극히 미미하였다.

그것은 대부분의 초능력자들은 큰 힘을 발휘하지 못하였고, 큰 힘을 발휘한다 하더라도 거의 그것을 컨트롤 하지 못하는 경우가 대부분이었기 때문이었다.

그래서 초능력자들은 이능력자들 중에서도 반푼이 취급을 받고 있었는데, 유니온의 전 총재인 앤더슨의 등장으로 인해서 이런 시선은 바뀌게 되었다.

앤더슨은 초능력을 다루는데 천재적인 재능을 갖고 있었는데, 이 재능을 토대로 초능력을 키우는 법부터, 유지하는 법, 컨트롤 하는 법까지 다양한 방법들을 매뉴얼화

시켜 초능력자들에게 전파하였다.

그의 가르침에 많은 초능력자들이 앤더슨을 따랐는데, 이들을 일컫던 모임이 바로 에스퍼즈였다.

하지만, 유럽은 마법사들과 뱀파이어들의 세력이 워낙 강대한 곳이었기에, 초능력자들이 에스퍼즈라는 이름으로 모였음에도 불구하고 이능력자 세계에서 초능력자들의 대우는 그리 개선되지 못하였다.

만일 초능력자들이 압도적인 힘을 가졌으면 모를 일이지만, 앤더슨의 노력에도 아직까지는 초능력자들이 다른 능력자들에 비해서 약체라 할 수 있었기 때문이었다.

결국 앤더슨은 훗날을 도모하자는 판단 하에 자신을 따르는 초능력자들을 이끌고 미국으로 이주하였다.

그리고 그곳에서 피나는 수련을 통해서 그들의 능력을 더 갈고 닦았다. 틈틈이 유럽과 아시아 등의 전세계를 돌아다니며 초능력에 재능이 있는 사람들을 모으는 노력도 게을리 하지 않았다.

이후 마스터에 오른 앤더슨과 실력이 늘어난 에스퍼즈는 제 2차 세계대전에서 대활약하며 전쟁의 승리를 도왔고, 이로서 이능력자 세계에서도 에스퍼즈에 대해서 확실히 인지하게 되었다.

이 인지도를 토대로 앤더슨은 기존의 이능력자 집단과 담판을 지어, 주류 이능력계에 편입할 수 있었다.

특히, 2차 대전 종전 후 이능력 세계와 일반 세계 사이에서 가교 역할을 해줄 집단이 필요하였는데, 귀찮다고 모두들 기피하는 그 일을 앤더슨이 자신과 에스퍼즈가 하겠다고 나섰던 것이 결정적인 계기가 되었다.

그렇게 만들어 진 것이 유니온이었다. 물론 주류 이능력 집단에서도 지원의 명분으로 실상은 유니온을 감시할 소수의 이능력자들을 보내주었으나, 실질적 유니온 직원들의 대부분은 앤더슨을 따르던 에스퍼즈였다.

그 때문에 지금도 유니온에는 마법이나 무공 계통의 이능력자들 보다 초능력 계통의 이능력자가 가장 많은 비율을 차지하고 있었다.

지금 북미지역 본부장인 제너럴도 당시 앤더슨을 따르던 그 에스퍼즈 중의 하나였기에, 그의 입장에서는 유니온은 미국에 있는 것이 당연하였다. 미국 본부는 에스퍼즈가 한 투쟁의 산물이라 할 수 있었기 때문이었다.

그리고 같은 맥락에서 마법사인 벤자민이 유니온의 수장을 역임하고 있다는 것을 못마땅하게 생각하고 있었다. 초능력자도 아닌 마법사가 초능력자들이 일궈놓은 과실을 따먹고 있다는 생각에서였다.

그런 제너럴의 생각을 알고 있다는 듯 벤자민은 부드러운 미소를 지으며 말했다.

"당연하다고 말씀하시는 피어 본부장의 생각은 알겠습

니다만, 유니온은 에스퍼즈가 아닙니다."

벤자민 또한 에스퍼즈 및 유니온의 창립배경에 대해서 잘 알고 있었다. 하지만, 벤자민의 생각에 그것은 과거의 이야기였다. 이제는 앞으로 나아갈 시간이었다.

벤자민은 오른손을 들어, 반발하며 다시 이야기하려는 제너럴의 말을 막으며 말을 이어나갔다.

"이제 위원회도 없어졌으니 이능세계의 중심은 우리 유니온이라 할 수 있습니다. 지금까지야 미국이 세계의 강대국으로서 우리 유니온의 본부가 미국에 있는 것이 효율적이었지만, 앞으로 세계의 중심은 한국이 될 것입니다. 그럼 당연히 우리 유니온의 본부도 그 세계의 중심으로 가야 하지 않겠습니까?"

이번에는 유럽지역 본부장인 페르난도 아를이 손을 들어 발언권을 얻더니 입을 열었다.

"총재님, 이례적으로 결계가 한국에게 후하게 펼쳐진 것은 알겠지만, 그것만으로 세계의 중심이 된다는 것은 과한 생각 아닐까요?"

페르난도의 생각에 동조를 하는지 몇몇 본부장이 고개를 끄덕였는데, 그 모습에 벤자민은 헛웃음이 나왔다.

"참… 이런 말씀까진 필요 없을 줄 알았는데… 아를 본부장님은 왜 한국에 저리 후하게 결계가 펼쳐졌다고 생각하시오?"

"그건 잘…."

페르난도는 대답이 궁색한지 벤자민의 질문에 대답하지 못하고 말만 얼버무릴 뿐이었다.

"그럼 달리 묻겠소. 이 결계를 누가 펼친 것이라 생각하시오?"

이번의 질문은 그가 대답할 수 있는지 페르난도는 자신 있게 대답하였다.

"제니아가 말한 대로 그녀의 주인이지 않습니까?"

"그거야 공지사항에 나온 말이고, 그 주인이 누군지를 묻는 것이오."

"그건 아무도 모를…. 설마… 총재님은 그 주인이 누군지 아시는 것입니까!"

대답을 하며 뭔가 떠올랐는데 페르난도의 마지막 말은 묻는다 하기 보다는 숫제 외치는 것에 가까웠다.

그리고 그의 말이 충격적이었는지 다른 본부장들도 깜짝 놀란 표정으로 다들 벤자민을 바라보았다.

지금까지 주류 이능세계에서 제니아의 주인은 신적인 존재일 것이라는 추측만이 있을 뿐이었다. 그도 그럴 것이 제니아 시스템의 존재 자체가 신이 아니고서야 할 수가 없는 일이라 생각되었기 때문이었다.

잠시 벤자민은 아무 말도 없이 경악한 표정의 좌중을 둘러보았다. 모두가 벤자민의 입만을 보고 숨을 죽이고 있었다.

"그렇소. 나는 누군지 알고 있소. 그리고 그 분은 한국에 있소이다."

벤자민의 말이 끝나자마자 사방에서는 목소리가 터져 나왔다.

"한국이라니!"

"그럼 한국인인 것이오?"

"도대체 누구요?"

"말씀 좀 해보시오!"

시끄럽게 물어보는 본부장들을 향해서 벤자민은 왼손을 들어 올렸고, 그의 손짓에 따라 다시 좌중은 조용해졌다.

"아직 그 분의 정체를 밝히도록 허락받지 못했기에 말씀드릴 수는 없소. 하지만 간단히 생각해봐도 지금 한국에만 과도한 혜택이 돌아가고 있는 것을 모르겠소? 저번 악마창궐 때도 그렇고 이번 결계 때도 그렇고 말이오."

벤자민의 말에 아무도 대답하지 못했다. 그렇게 한 번 말을 끊은 벤자민은 다시 말을 이었다.

"그 분이 계시는 이상 이제 세상의 중심은 한국이 될 것이오. 그리고 우리 유니온도 그에 맞추어 준비를 해야 하지 않겠소?"

더 이상 평양으로 본부를 이전하자는 벤자민의 말에 토를 다는 사람은 없었다.

그렇게 일반세계와 이능세계를 가리지 않고, 개인과 집단을 가리지 않고 모든 사람들은 다가올 차원 통합에 대해서 나름의 준비를 하고 있었다.

　이런 사람들의 준비 속에 모든 것이 바뀌게 될 운명의 날은 서서히 다가오고 있었다.

4장. 통합

NEO MODERN FANTASY STORY & ADVENTURE.

현세귀환록

現世歸還錄

4장. 통합

D-1일이 되면서 카운트다운의 시계는 날짜가 아니라 24시 시간단위로 바뀌었고 그렇게 바뀐 시계는 초 단위부터 남아있는 숫자를 줄여가기 시작했다.

대부분의 사람들은 자신들이 이 날, 아니 이 다음날을 대비하여 준비한 것들을 한 번 더 점검하고 있었지만, 모두가 그런 것은 아니었다.

지금 대부분의 결계 도시 안에는 도시가 받아들일 수 있는 한계 이상의 사람들이 들어온 상태였다.

건물의 옥상은 기본이고 체육관 같은 공공시설 등 임시로 거주할 수 있는 모든 곳에는 사람들이 가득 차 있는 상태였다. 심지어 결계의 범위에 비해서 인구가 많은 곳에는 도로까지 사람들이 점거하고 있어 교통 또한 마비된 곳이 많았다.

그렇게 많은 나라에서는 임시 지하 방공호까지 설치해서 최대한 많은 사람들을 받아들이고자 하였으나 그래도 모든 사람들이 다 들어오지는 못했다.

하지만 유리엘이 결계를 여유 있게 펼쳐준 덕분에 도시 내에는 들어오지 못하더라도 도시 외곽에 임시거처를 마련하여 상당수의 사람들이 결계 안으로 들어올 수 있었다.

더군다나 한국 또한 인도주의적인 측면에서 웜홀의 폭주가 끝날 때까지 임시적으로 북한의 일부분을 오픈하고 수많은 사람들을 받아들였기 때문에 지구 인구의 80% 이상이 결계 안으로 들어왔다 할 수 있었다.

다만, 웜홀의 폭주를 그리 크게 생각하지 않는 사람들은 자신의 터전을 버리지 않고 그대로 사는 경우도 많았다.

또한 자신의 거주지에 가진 것들이 많은 자들 중에서는 자신은 만일의 경우를 대비하여 결계 안으로 피했으면서, 자신의 재산을 위해 별도의 용병들을 고용한 경우도 있었다.

물론 시국이 시국인 만큼 평소보다 수십배는 많은 보수를 약속했음은 물론이었다. 당연히 대부분의 용병들은 그런 제안을 거절했지만, 앞서 말한 대로 웜홀의 폭주를 그리 크게 생각하지 않는 일부의 부류들은 이런 제안을 좋은 기회라고 생각하며 그 제안을 받아 들였다.

어쨌든 결계 안은 안대로, 밖은 밖대로 행여 오늘이 삶의 마지막 날이 될지도 모른다는 생각을 하며 하루를 보내고 있었다.

상당수의 사람들은 자신들에게 소중한 사람들과 시간을 보내며 삶을 반추하는 시간을 보내고 있었지만, 모두가 그런 것은 아니었다.

오히려 마지막 날일지도 모른다는 생각에 지금껏 하지 못했던 행동들을 하기도 하였다.

미친 듯이 술을 마시고 이성을 만나서 뒷일을 생각지 않는 광란의 섹스를 하는 사람이 있는가 하면, 심지어 어떤 사람들은 마약을 하거나 범죄를 저지르기도 하였다.

그렇게 전 세계의 사람들은 각자 자신들의 방법으로 어쩌면 마지막 날이 될 수도 있는 오늘을 보내고 있었다.

결국 시간은 흘러 한국 시간으로 오전 11시 10분 경, 카운트다운 시계는 마지막 초를 줄여가며 00시00분00초를 가리켰다.

이 순간 지구상의 모든 사람들은 숨을 죽이고 앞으로 벌어질 일을 기다리고 있었다.

결계를 둘러싼 차단벽 위에 있는 능력자들은 곧 나타날 마물을 즉살하기 위해서 신경을 곤두세우고 있었고, 결계 밖의 사람들은 저마다의 장비를 갖고 어떻게든 살아남기 위해서 투쟁심을 곤추세우고 있었다.

이집트의 수도 카이로.

새벽 4시 10분이 되어 카운트다운 시계가 00초를 가리 킨지 몇 초가 지났음에도 아무런 반응이 없는 것 같자, 차 단벽 위에 있던 노란머리의 이능력자가 입을 열었다.

"이거 뭐야? 아무 일도 없는 거……."

그가 말을 마치기도 전에 자신이 가지고 있는 휴대용 웜 홀 탐색기에서 진동이 울리며 인근에 웜홀이 열렸다는 신 호가 발생하였다.

웜홀 탐색기는 통상적으로 웜홀 오픈 세 시간 전에 웜홀 이 나타날 장소를 알려주었는데, 이번만큼은 예외였다.

웜홀의 폭주 때문인지 웜홀 탐색기는 세 시간 전부터 붉 은 화면만을 나타내었기 때문이었다. 그래서 웜홀이 열렸 다는 신호에도 어디에서 열렸는지 그 장소는 알 수가 없었 다.

"어디지? 어…."

하지만 노란머리는 웜홀 탐색기에서 보여주는 붉은 화 면의 정체를 알 수 있었다. 자신의 눈 앞으로 수백개의 웜 홀이 동시 다발적으로 열렸기 때문이었다.

새벽시간이라 아직 날이 밝은 것은 아니었지만, 사방에 광원(光源)을 설치 해놓았기에 대낮과 같이는 아니지만 주위를 살피는 데에는 크게 지장이 없었다. 그래서 노란머리는 눈앞에서 열리는 웜홀을 똑똑히 볼 수가 있었다.

어쨌든 그제야 노란머리는 탐색기가 왜 붉은 화면만을 나타냈는지 알 수 있었다. 탐색기의 감지 범위 모두에서 웜홀이 열렸기에 붉은 화면만이 나타난 것이었다.

더 큰 문제는 지금까지는 한 웜홀에서 한 마리의 마물, 많아야 두 마리 정도의 마물이 출현한 것에 비해, 지금 이 웜홀들에서는 수십, 수백의 마물이 쏟아져 나오고 있다는 점이었다.

지금껏 노란머리는 웜홀의 폭주라 해봤자, 많아야 지역별로 수백여개의 웜홀이 나타날 것이고 그 곳에서 수백마리의 마물이 나올 것이라 생각하고 있었다.

물론 그 정도만 해도 충분히 많다 할 수 있지만, 얼마 전 S급에 오른 자신이라면 A급 정도의 마물이라면 수십 마리도 충분히 상대할 수 있을 것이라고 생각하고 있었기에 세계적인 혼란 상황에서도 큰 걱정은 하지 않았다.

얼마든지 살아남을 자신이 있었기 때문이었다. 오히려 적극적으로 마물을 처리하여 마정석을 얻을 기회로까지 보고 있었다.

그러나 지금 쏟아지는 마물들 사이에는 S급으로 보이는 마물만 대여섯마리였다. 자신이 한 마리 한 마리 간신히 상대할 만한 마물들이 대여섯마리라는 것이었다.

통상적으로 이능력자들은 일대일로 마물 사냥을 할 때에는 자신의 등급보다 한등급 낮은 등급의 마물을 찾는다. 그래야 위험을 최소화하고 수익을 극대화 할 수 있기 때문이다.

자신과 동급의 마물이라면 동급이라는 말 그대로, 거의 비슷한 수준의 무력을 갖고 있기 때문에 일대일로 상대하면 박빙인 경우가 많았다. 즉, 언제 죽어도 이상하지 않다는 의미였다.

더군다나 노란머리는 이제 갓 S급이 되었다. 그말인 즉슨 SF등급이라는 말이었다. S급 중에서도 최약체인 상황에서 많은 장비의 도움을 받는다 하더라도, S급의 마물 상대할 수 있을까 말까한 수준이었다.

물론 노란머리에게도 믿는 구석은 있었지만 그것까지 감안하더라도 저 마물들과 붙으면 십중팔구 자신이 죽을 가능성이 높았다.

또한 주위에 많은 이능력자들이 있었지만, 자신과 이들만으로 지금 나타난 마물들을 상대할 수 있을 것이라는 생각이 들지 않았다. 결국 노란머리는 주위를 향해 크게 외쳤다.

"바… 방공호로 대피하라!"

지금 차단벽 위에는 결계 밖의 상황을 살피기 위해서 많은 일반 사람들이 올라와 있었다.

물론 위험하다는 것은 알지만 어느 정도의 위험인지 알 수 없었기에, 만용을 부리는 사람들이 많이 있었던 것이었다.

더군다나 지금 차단벽 위에는 수많은 이능력자이 있었기에 사람들은 그다지 위험을 체감하지는 못하고 있는 실정이었다.

하지만 밖으로 보이는 엄청난 숫자의 마물들에 실질적인 공포를 느낀 사람들은 노란머리의 외침이 신호나 된 듯 허겁지겁 차단벽을 내려가기 시작했다.

"으… 으윽…."

"미… 밀지 마세요!"

"빨리 내려갑시다!"

이미 내려가는 엘리베이터는 사람들로 꽉 차버렸다. 하지만 내려가는 길은 엘리베이터만 있는 것은 아니었다. 차단벽에는 엘리베이터도 있었지만 전기 공급이 끊기는 상황을 대비해서 계단 또한 마련이 되어 있었다.

그래서 엘리베이터를 타지 못한 사람들은 계단으로 뛰어가기 시작했고, 이내 계단 역시 많은 사람들도 가득 차버렸다.

서로 급하게 내려가려 하다 보니 사람들은 엉켜서 넘어지는 경우도 있었고, 사람들에 밀려 넘어진 몇몇 사람은 다른 사람들에게 밟히는 경우도 있었다.

아직 마물의 본격적인 공격이 시작되지도 않은 상황이 지만 압도적인 마물의 숫자에 사람들의 공포심은 커져가 기 시작하였다.

그나마 인간들에게는 다행히도 웜홀에서 쏟아져 나온 마물들은 일사분란한 체계같은 것은 갖추지 못한 것으로 보였다. 오히려 마물들 사이에서도 일부 마물들은 적대적 관계에 있는 것인지 서로 싸우는 마물들도 있었다.

그러나 모든 마물이 그런 것은 아니었고 상당수의 마물 은 자신들의 앞에 있는 사람들을 확인하고 차단벽 쪽으로 접근하기 시작했다.

다만, 마물들은 차단벽까지 곧바로 접근할 수는 없었다. 마물들이 차단벽에 접근하는 것을 막기 위해 차단벽 앞에 서 포진하고 있는 군 부대가 있었기 때문이었다.

차단벽 아래에서 군부대를 지휘하던 중후한 인상의 50 대의 중년인이 마물들이 접근해 옴에 따라 공격을 명했다.

"공격하라!"

타타타타타~!

휘이이잉 ~ 쿠아앙!

콰앙~ 콰앙~!

콰가광!

중년인의 명에 따라서 소총부터 자주포, 박격포 까지 다 양한 무기가 마물들을 향해서 쏟아졌다.

지금 군인들이 사용하는 열병기들은 과거처럼 물리적 파괴력만 가진 것이 아니었다. 총알을 제작할 때 마정석의 가루를 넣고, 총기에도 간단한 마나회로를 설치하여 일정 정도는 마나를 머금고 있었다.

물론 전문적인 이능력자들이 사용하는 마나라이플보다는 성능이 떨어지는 양산형 무기였지만, 일반적인 총기에 피해를 입지 않는 마물들에게도 약간의 피해를 줄 수 있었다.

그것을 보여주기나 하는 듯 군인들의 병기는 상대적으로 약한 마물의 마나장을 뚫으며 피해를 주었고, 심지어는 단순 물리적 충격에는 피해를 입지 않을 영체(靈體) 종류의 마물들도 약간씩의 타격을 입는 것처럼 보였다.

하지만 그렇게 잡을 수 있는 것은 하위 등급의 마물뿐이었다. C급 정도의 마물만 되어도 열병기로 인한 피해는 거의 없는 것처럼 보였다.

A급 정도 마물은 아예 공격을 무시하고 군대로 달려들었기에, 조금 전 명령을 50대 중년인은 이를 악물며 전방을 바라보더니 무전기를 들어 외쳤다.

"저등급 마물들은 처리 했으니 능력자를 투입해 주시오!"

중년인의 말에 따라 차단벽 위에 올라가 있던 이능력자들 수백명이 차단벽 아래로 내려왔다.

이곳에 나타난 능력자들 수백명이지만, 도시 전역에는 이런 전장이 수백 곳이 넘게 생겼을 것이었다. 즉, 이 도시 하나만 해도 동원된 이능력자가 수 만명이 넘는다는 이야기였다.

다만, 능력자의 대부분은 D급이나 E급 같은 하위 능력자였고 A급 이상의 상위 능력자는 몇 되지 않았다.

이능력자들의 선두에 선 부리부리한 눈의 40대 장년인이 입을 열었다.

"자, 저 마물을 해치우고 우리 도시, 우리 나라를 지키자!"

"지키자!"

"우오오오!"

"가자!"

몰려오는 마물에 공포심이 들 수도 있었기에 장년인은 이능력자들의 애국심을 자극하여 전의를 이끌어 낸 것이었다.

"일단 가능한 원거리 공격부터 시작하라!"

장년인의 명령에 따라 원거리 공격이 가능한 이능력자들은 각자 화염구나 얼음창, 전격화살 등을 펼쳐서 공격을 하였고, 그런 능력이 없는 능력자들을 옆에 놓여 있는 투창이나 마나라이플 등의 개인 화기를 이용하여 원거리 공격을 가하였다.

아무래도 능력자들의 공격이라 그런지 살아남았던 몇몇

저등급 마물들은 그 공격에 목숨을 잃고 말았지만, 고등급 마물들은 이 정도 공격에 약간의 타격을 입을지언정 치명적인 피해는 입지 않았다.

결국 상당수의 마물들은 이능력자들의 근거리까지 다가왔고, 롱소드를 든 20대 청년의 공격을 시작으로 본격적인 마물과 이능력자간의 전투가 벌어졌다.

챙챙챙~!

콰지직!

"으악!"

"죽여라!"

"뒤로 피해!"

지금까지 한두마리의 마물만 상대하던 이능력자들은 마물과의 이런 대규모 접전에는 익숙하지 않았다.

그래도 자신들이 무너지면 뒤의 도시까지 밀릴 것이라는 생각을 하는지 이능력자들은 몸을 사리지 않고 마물들과 격전을 벌이고 있었다.

그렇게 이능력자들과 마물과의 전투가 벌어지는 동안 처음 전투 명령을 내린 장년인은 옆에 있던 노란머리에게 부탁의 말을 건넸다.

"네이트씨, 저 뒤에 있는 고등급 마물들을 부탁하오."

네이트라 불린 노란머리는 장년인의 말에 다소 망설이며 입을 열었다.

"하토르 단장님, 지금 언 듯 보기에도 S급 마물이 적어도 다섯 마리가 넘는데, 그걸 저 혼자 처리하기엔…."

"그렇지요. 하지만 자세히 보시면 저들 사이에 협력이 이루어지지 않고 있습니다. 잘만하면 각개격파 할 수도 있지 않을까요? 부탁드립니다. 특히 이 난전 속에서 네이트 씨의 그 능력을 사용한다면 저 마물들이 알아차리기도 전에 마물들을 해치울 수 있지 않을까요?"

여기까지 말했지만 여전히 네이트는 망설이고 있는 눈치였다. 결국 하토르 단장은 자신이 사용할 수 있는 마지막 카드를 꺼냈다.

"이곳에서 네이트씨만이 저 S급 마물을 처리할 수 있을 것입니다. 그것을 감안해서 향후 처리하시는 마물에 대한 마정석의 소유권은 물론이고 전에 약속했던 보수의 다섯 배를 드리겠습니다."

처음 하토르 단장은 이곳에 이렇게나 많은 S급 마물들이 나타날 것을 예상하지는 못했기에, 자신들과 S급 이능력자 네이트 혼자면 충분히 자신이 맡은 구역을 방어할 수 있을 것이라 생각했다.

어쩌면 네이트가 나서지 않아도 자신들로만 해결할 수 있을지도 모른다는 생각까지도 하였다.

하지만 다섯 마리가 넘는 S급 마물을 본 이상 상황은 달라졌다. 네이트가 나선다 해도 힘든 상황에서 네이트가 나서지 않는다면 절대 승산이 없었다.

그래서 하토르는 어떻게든 네이트를 구슬려서 전장으로 투입하려 하였다.

다섯배의 보상을 들은 네이트는 잠시 고민하다 고개를 끄덕였다. 원래 받기로 한 보수가 천만달러였는데, 그 다섯배면 오천만달러이다.

이제 갓 S급이 된 네이트는 장비에 투자하느라 금전적으로 그리 넉넉한 상황이 아니었기에 하토르의 제안을 받아들이기로 하였다.

'S급 마물의 마정석에 오천만달러면…. 한번 해 볼만 하겠네. 뭐 어차피 도망치는 것에는 자신이 있으니 위험하면 바로 피해야겠군.'

하토르 단장이 말했던 네이트의 능력이 바로 이것이었다. 은신의 능력이 있는 네이트는 자신이 살아남는 것에는 큰 걱정이 없었다.

당연히 네이트는 이곳에서 뼈를 묻을 생각은 없었다. 물론 이집트인이라 이집트가 유지되길 바라고 있었지만, 마스터급 능력자면 어디가나 환영받을 수 있는 인재였다. 굳이 생명을 버려가면서까지 이집트에 충성할 생각은 없었다.

그렇게 결심을 한 네이트는 특유의 파장을 내뿜으며 자신의 몸을 마물들의 기감으로부터 감추면서 조용히 S급 마물에 접근하여 갔다.

지금 네이트가 목표로 한 마물은 반인반수 형태의 마물로 아름다운 미녀의 모습을 한 상반신과 뱀과 흡사한 형태의 하반신을 갖고 있었다.

신화에 나오는 라미아와 흡사한 마물이었다. 이 마물은 지금껏 등장한 적이 없어 매뉴얼에 등재가 되어 있지는 않았지만, 인간형의 상체는 딱 보아도 방어력이 그리 강해보이지 않았기에 네이트가 목표로 삼은 것이었다.

더군다나 이 마물의 위치는 지금 마물의 무리 중에서도 가장 뒤쪽 편에 자리하고 있어 은신으로 처리하기가 딱 좋았기 때문이었다.

그렇게 라미아의 지근거리까지 다가간 네이트는 어둠 속성의 마법을 인챈트 한 단도를 꺼내어 소드 오러를 불어넣었다. 은신에 이은 기습적인 일격으로 목을 끊어내어 전투불능으로 만들 생각이었다.

머릿속으로 시뮬레이션을 마친 네이트가 폭발적인 움직임으로 땅을 박차고 마물의 목을 찍어 갈 때, 지금껏 네이트를 전혀 인식하지 못한 것처럼 보이던 라미아가 갑자기 그를 돌아보았다.

'알아챘나? 하지만 늦었어!'

라미아가 돌아보았을 때에는 이미 네이트의 단도가 라미아의 목 가까이 도달해있었기 때문이었다.

하지만 상황은 네이트가 생각한대로 흘러가지 않았다.

라미아의 눈이 잠시 번뜩인 순간 네이트의 몸이 굳어버렸기 때문이었다.

'으윽! 뭐지?'

네이트는 순간 당황하였지만, 그간의 경험을 토대로 체내의 마나를 돌려서 마비에 저항하려 하였다. 그리고 그의 판단이 맞는지 마나가 돌면서 그의 마비도 빠르게 풀려가기 시작했다. 조금만 더하면 마비를 풀고 뒤로 물러서서 다시 은신을 펼칠 수 있을 것이었다.

'됐다. 이제….'

"커헉!"

네이트의 판단은 정확했지만, 라미아의 움직임은 그가 마비를 풀리는 것을 기다려 주지 않았다.

뱀과 같은 하체를 흔들어 순식간에 네이트의 옆으로 다가온 라미아는 날카로운 손톱을 가진 오른손으로 그의 심장을 뽑아버린 것이었다.

"흐음~"

네이트의 벌떡거리는 심장을 든 라미아는 그것을 음미하기나 하는 듯 잠시 코에 가져갔다가 심장을 씹어 삼키기 시작했다.

우적우적~

아름다운 미녀의 얼굴을 한 라미아가 심장을 뜯어먹으며 붉은 피를 입가로 흘리는 모습이 그로테스크하게 보이기도 하였지만, 지금 전장의 처참함은 이 정도 상황에는 눈을 줄 수 없을 정도로 참혹하였다.

네이트가 본 것처럼 이곳에는 다섯 마리의 S급 마물이 있었는데, 라미아가 움직이는 것을 신호로 삼은 양 그 마물들 역시 날뛰기 시작했기 때문이었다.

네이트를 제외하고는 S급 능력자가 없는 이곳은 S급 마물을 막을 수 있는 사람이 없었다. A급 능력자들 십수명이 모여서 S급 마물을 막아보려 하였으나, 애초에 S급 마물은 S급 능력자들조차 파티를 이루어 상대하는 마물이었기에 A급 정도의 능력자들로는 역부족이었다.

결국 카이로의 A2-1 섹터의 이능력자들은 마물에 의해서 괴멸되어 버렸고, 차단벽마저 거대한 투구벌레를 닮은 S급 마물이 몇 번의 박치기를 통해서 뚫어버렸다.

그 이후는 상황은 당연하였다. 뚫린 차단벽을 통해서 수백마리의 마물이 도시 안으로 들어간 것이었다. 그리고 그렇게 뚫린 곳은 A2-1 섹터뿐만이 아니었다.

현재 카이로는 A1-1섹터부터 C10-10섹터까지 총 300개의 섹터로 구분하여 도시를 방호하고 있었는데, 몇 시간만에 50여개 섹터가 마물에게 뚫려버린 것이었다.

하지만 카이로는 최후의 보루가 있었다. 수천년 동안 이집트를 수호해 온 이집트의 이능력 집단 룩소르가 바로 그 최후의 보루였다.

도시의 가운데에 임시로 만든 통제센터에서 만일의 사태를 대비하던 룩소르의 정예들은 차단벽이 뚫리는 것을 확인한 후 도시로 들어온 마물들을 진압하기 위하여 정해진 조별로 빠르게 흩어졌다.

마물들이 강하기는 하지만 룩소르의 정예들도 무시할 수 없는 강자였다. 그렇기에 정예들은 자신감과 결의에 찬 표정으로 서둘러 몸을 날렸다.

그런 정예들의 움직임을 보고 있던 룩소르의 지도자, 오시리스 제사장은 나지막한 신음성을 내었다.

"흐음….."

파라오 가면 때문에 그 표정은 알 수 없었으나 오시리즈 제사장의 음성은 무척이나 침체되어 있었다.

그 기색을 느꼈는지 오시리스 제사장의 곁에 있던 30대 초반의 청년이 그에게 조심스러운 목소리로 물었다.

"제사장님, 괜찮으십니까?"

청년의 물음에 오시리스 제사장을 슬쩍 그를 보더니 여전히 가라앉은 목소리로 말을 건냈다.

"…생각보다 상황이 심각하다. 마물들의 수준이 예상했던 것보다 더 강해. 제르한, 수호대 및 신규 수련생들을 이끌고 도시를 빠져나가라."

오시리스 제사장의 말에 제르한이라 불린 청년은 깜짝 놀라며 그에게 반문하였다.

"제사장님! 무슨 말씀이십니까! 제사장님이 나선다면 충분히 상대할 수 있지 않겠습니까?"

제르한은 오시리스 제사장이 최근 그랜드 마스터의 경지에 오른 것을 알고 있었기에, 그의 약한 모습이 이해가 되지 않았다.

하지만 오시리스 제사장은 제르한이 보지 못한 것을 보고 있었다.

"지금 다가오는 마물은 내 역량을 훨씬 능가한다. 어서 서둘러라! 더 지체하다가는 빠져나갈 수도 없을 것이야."

웜홀 차단 결계 때문에 결계 도시들은 공간좌표를 활용하는 도시 간 텔레포트도 막혀 있는 상태였다.

그렇기에 대부분의 도시에서는 만일의 사태에 대비하여 도시 내에서 도시 외곽까지 잇는 터널을 만들어 그 곳에 텔레포트 마법진을 설치한 상태였다.

"제사장님⋯."

"일단 인근 결계 도시 쪽으로 갔다가 최종적으로는 한국으로 가거라. 그 곳에서 다시 자리를 잡고 힘을 길러 언젠가 다시 카이로, 이집트를 되찾도록 하거라! 어서 가거라!"

오시리스의 말에 눈물을 흘리던 제르한은 거듭되는 그의 재촉에 결심을 한 듯 그에게 고개를 숙인 뒤 방을 벗어났다.

제르한이 나간지 얼마 지나지 않아, 오시리스 제사장은 자신에게 빠른 속도로 날아오는 마물의 기척을 느낄 수 있었다.

펑~

손을 휘저어 자신의 앞에 있는 창문을 없앤 오시리스 제사장은 육안으로 마물의 모습을 확인할 수 있었는데, 그 마물의 정체는 길이가 30미터에 가까운 커다란 비룡, 와이번이었다.

길다란 꼬리, 광택이 나는 푸른색 비늘과 박쥐의 그것과도 같은 피막이 있는 날개를 달고 있는 모습은 전설상에 나오는 비룡의 모습과 크게 다르지 않았다.

다만, 지금 오시리스 제사장 쪽으로 날아오고 있는 비룡은 다른 곳으로 날아가는 비룡들과는 다르게 머리 위에 피처럼 붉은 두 개의 뿔이 솟아나 있었다.

그리고 덩치도 다른 비룡에 비해서 적어도 10미터 정도는 더 커보였다. 딱 보아도 우두머리급 비룡임이 틀림없었다.

뿔난 비룡을 목격한 오시리스 제사장은 안색을 굳히며 체내의 전 마나를 끌어올리기 시작하였다.

일견해 보건데 비룡이 가진 힘이 그가 가진 힘을 월등히 앞서는 것으로 보였기 때문에 탐색전 같은 것을 할 여유는 없었다.

한계라 할 수 있을 정도까지 마나를 끌어올린 오시리스 제사장은 번개처럼 움직여 마나를 가득 머금은 손으로 자신의 지척까지 날아온 비룡의 머리를 가격해 나갔다.

콰앙~!

너무도 빠른 움직임에 반응을 하지 못한 것인지 비룡은 오시리스 제사장의 일격을 허용하였는데, 당연히 공격은 그것으로 끝나지 않았다.

쾅쾅쾅쾅~ 쿠아앙!

지금 끝장을 본다는 심정으로 오시리스 제사장은 전 마나를 동원하여 비룡의 약점과도 같아 보이는 목덜미를 연속적으로 공격하였다.

하지만 비룡의 타격은 그리 크지 않은 듯 해보였다.

"크르릉…."

그것을 보여주기나 하는 듯 한차례 투레질과 같은 소리를 낸 비룡은 입을 쩍 벌리더니 그 입에서 가공할만한 마나폭풍을 쏘아냈다.

후와와아아악!

오시리스 제사장은 이런 브레스 공격을 어느 정도 예상이나 한 듯 서둘러 위치를 옮겨 다시 공격을 하려 하였다.

아무래도 큰 공격을 하면 빈틈이 생기기 마련이니 그 빈틈을 노려 치명상을 가할 생각이었다.

그러나 그의 생각처럼 되지는 않았다. 비룡의 브레스에는 기이한 흡력이 있는지 뒤로 돌아가기는커녕 되려 비룡의 브레스 쪽으로 몸이 가까이 가고 있었던 것이었다.

"크윽!"

이대로라면 브레스에 휩쓸릴 것이라 생각한 오시리스 제사장은 비전의 기술까지 동원하여 지금 자리를 벗어나려 하였다.

하지만 비룡의 움직임은 더 빨랐다. 오시리스 제사장이 벗어나려는 것을 눈치 채기나 한 듯, 브레스에 더 많은 마나를 불어넣었다.

그리고 그 마나의 움직임에 반응이나 하는 듯 비룡의 머리에 있는 뿔 두 개가 붉은 빛을 머금더니 브레스를 향해 붉은 번개 줄기를 쏘아내기 시작했다.

번개 줄기를 받은 브레스는 한층 더 강한 힘으로 오시리스 제사장을 끌어들였고, 결국 오시리스 제사장은 흡력을 이기지 못하고 브레스의 범위 안으로 빨려 들어가 버리고 말았다.

"으… 으윽… 으아악!"

브레스 안에 들어간 오시리스 제사장은 자신이 가진 힘을 다하여 방어막을 펼쳤으나 상상을 초월하는 브레스의 힘에 혼신의 힘을 다한 방어막은 다 흩어지고 말았다.

그렇게 지역의 패자이자 과거 위원회의 일원이었던 오시리스 제사장은 이름도 모를 마물에게 당하여 한구의 시체로 변하고 말았다.

오시리스 제사장의 생명반응이 끝난 것을 확인한 비룡은 잽싸게 움직여 아직까지는 강대한 마나를 머금고 있는 그의 시체를 꿀꺽 삼켜버렸다.

시체를 먹은 비룡은 여기서 행동을 멈추지 않았다. 마치 이능력자들이 자신의 먹이인양, 도시의 상공을 유유히 날면서 그 중 강해보이는 이능력자들을 급습하여 하나씩 하나씩 먹어치우기 시작했다.

마물과의 격전이 벌어지는 상황에서 상급의 이능력자들이 계속 비룡에게 잡아먹히자 결국 전선은 무너지고 말았고, 마물들이 도시 전체로 밀려들어왔다.

그렇게 카이로의 차단벽이 뚫리고 도시가 마물에게 장악 당하는데 걸린 시간은 단 세 시간에 불과하였다.

카이로만 그런 것이 아니었다. 카이로 이외에도 많은 중동의 도시들이 밀려버렸고, 아프리카의 도시들은 단 하나도 남기지 못하고 모두 마물에게 뚫려버렸다.

지금 언급한 곳들은 카이로를 제외하고는 웜홀의 폭주에 그리 잘 대비된 곳이라 할 수는 없었는데, 문제는 상당한 준비가 된 곳이라 할 수 있는 호주의 시드니, 멜버른 같은 결계 도시들도 엄청난 마물의 공세에 버티지 못하고 뚫려버렸다는 것이었다.

이는 등장한 마물의 질적, 양적차이에서 나온 결과였다. 만일, 케냐의 나이로비 같은 곳에 나타난 마물이 시드니에 나타났다면 시드니에서는 충분히 막을 수 있었을 것이었다.

하지만 무슨 이유에서인지 북반구에 비해 적도 아래쪽에 있는 남반구 도시들에게 상대적으로 더 강한 마물들이 출현하였고, 그 마물을 극복할 준비까지는 되어있지 않았기에 남반구의 결계 도시들은 단 하나도 남김없이 모조리 마물들에게 뚫리고 말았다.

다만 결계도시가 뚫렸다고 해서 모든 남반구 인간들이 사멸한 것은 아니었다.

전 지구상에 걸쳐 수백, 수천만개의 웜홀이 발생하였고, 그 웜홀에서 억단위의 마물들이 나타났다 하지만 지구는 넓었다.

분명 웜홀의 영향력, 마물들의 영향력에서 빠져있는 마을들이 있었고, 많지는 않지만 그런 소수의 마을 중에는 이번 웜홀의 폭주에 피해를 입지 않은 곳도 있었다.

하지만 남반구에서 도시 규모 이상에서는 온전히 도시를 건사한 곳은 없었다. 남반구의 모든 국가와 도시들이 괴멸한 상태이기 때문에 소수의 인간들이 살아남았다고 하더라도 마물들에 조직적인 대항을 할 수 있는 상황도 아니었다.

즉, 남반구는 마물들의 손에 떨어져버렸다고 해도 과언이 아닌 상황이 되어버린 것이었다.

북반구 역시 남반구에 비해서는 상당히 선방하였지만, 수많은 도시들과 국가들이 마물들의 공세에 쓸려버리고 말았다.

결국 이렇게 오늘 벌어진 웜홀의 폭주는 문명사회가 이룩된 이후 인간에게 내린 가장 가혹한 시련이라고 할 수 있을 정도로, 엄청난 사상자와 천문학적인 경제적 피해를 발생시켰다.

더 큰 문제는 이 웜홀의 폭주는 아직 끝난 것이 아니라는 점이었다. 이번처럼 엄청난 규모로 벌어질 것은 아니겠지만, 당분간은 지속될 가능성이 높았다.

❖

지구의 상황이 이렇게 악화되는 동안 한국은 격전을 벌이고 있는 함경도 상단과 전라도 하단을 제외하고는 평화롭다 할 정도로 이 혼란에서 벗어나 있었다.

그 격전을 벌이는 곳도 다른 결계 보다는 훨씬 넓은 범위지만, 타국에서 이주해 온 수많은 이능력자들 덕분에 다른 국가들의 결계도시들에 비해 상대적으로 여유로운 상황이었다.

이 모든 것이 유리엘이 한국 전역에 펼친 결계 덕분이었다. 하지만, 결계의 중심에 있는 강민과 유리엘은 그렇게 평화롭기만한 상황은 아니었다.

"으음…."

어디인지 모를 흰 공간에는 직경 10미터가 넘어 보이는 입체 마법진이 다채로운 색으로 빛나고 있었다.

그리고 그 마법진의 중앙에는 공중에 떠서 가부좌를 한 강민이 지그시 눈을 감고 있다가 한줄기 신음성을 내었다. 감은 강민의 두 눈가에 살짝 주름이 진 것이, 강민이 편하게만 앉아 있는 상황은 아니라는 것을 보여주고 있었다.

더군다나 강민은 지금 가만히 있는 것이 아니었다. 강민은 여전히 눈을 감은 채 마법진 안에서 기이한 현기가 서린 동작으로 이리 저리 손을 움직였고, 그 움직임에 따라서 막대한 마나 유동이 나타났다 사라짐을 반복하였다.

그 모습을 지켜보고 있는 유리엘 역시 가만히 있지만은 않았다.

강민이 손을 움직일 때마다 입체 마법진의 표면에는 형언하기 힘든 기하학적인 문양과 수천개가 넘는 룬어가 나타났다 사라졌는데, 그것이 나타날 때마다 유리엘은 빠른 속도로 수인을 맺으며 마법진의 마력술식을 재구성하였다.

그리고 그녀가 추가하는 마력술식에 따라서 강민이 발한 마나가 더 큰 울림을 가지고 흰공간으로 퍼져나갔다.

그렇게 강민과 유리엘은 마법진의 안과 밖에서 거대한 힘을 사역하며 얼마인지 모를 시간을 보내고 있었다.

그러던 어느 순간 지금껏 감고 있던 강민의 두 눈이 번쩍 뜨여졌다. 끊임없이 현기를 발하던 두 손 역시 움직임을 멈추고 단전으로 모였다.

유리엘 역시 강민의 움직임이 그치자 수인을 멈추고 강민을 바라보더니 그에게 물었다.

"좀 어때요?"

"일단 큰 고비는 넘긴 것 같아."

"다행이네요."

"오랜만에 마나축에 들어와서 마나흐름을 사역하려고 하니 생각보다 쉽지 않네."

지금 강민과 유리엘이 있는 곳은 마나장의 핵이라 할 수 있는 마나축 안이었다. 그리고 이 곳에서 둘이 하고 있는 일은 파죽지세로 밀려오는 타차원의 마나 흐름에서 이 차원의 마나축을 보호하는 일이었다.

강민이 오랜만이라 말하는 것은 수만년의 시간을 살아온 둘에게도 이 일은 몇 차례 해보지 않은 일이었기 때문이었다.

"하긴 만년도 넘은 일이었으니 오랜만이긴 하네요….

어쨌든 고생했어요."

"고생은 뭐. 혼자 했다면 모를까 유리가 도와주니 그다지 힘들진 않았어."

과거에 이런 상황이 벌어졌을 때에는 오롯이 강민 혼자서 그 압력을 받고 마나축을 보호했었다.

하지만 이번에는 유리엘이 사전에 강민의 힘을 증폭해 주는 입체 마법진을 설치하였고, 급변하는 마나흐름에 맞추어 실시간으로 마법진을 수정하여 강민의 부담을 덜어 주었다.

결과적으로 강민은 과거에 들인 힘의 반의 반도 들이지 않고서도 전보다 훨씬 효율적으로 마나축을 보호해 낸 것이었다.

"그런데 생각보다 마나 폭주의 압력이 강했네요. 우리가 나서지 않았다면, 마나축이 부러졌었을 수도 있었겠어요."

"압력도 압력이지만, 이 차원의 마나량이 적었던 것만큼 마나축의 내구력 또한 너무도 약했어. 그래도 전에 경험이 있어서 미리 대비했기에 망정이지 그렇지 않았다면 지금까지의 고생이 다 물거품이 되었을 수도 있었겠지."

강민과 유리엘이 이 곳에 미리 자리를 잡은 것은 만일의 사태를 대비한 것이지, 이렇게까지 적극적으로 나설 생각까지는 하지 않았었다.

하지만 둘의 생각보다 타 차원에서 쏟아지는 마나 흐름의 압력은 강하였고, 이 차원의 마나축의 내구력은 너무 떨어졌다. 둘이 적극적으로 나서지 않았다면 마나축은 부러지고 말았을 것이었다.

차원축이 부러지면 차원을 유지할 수 없듯이, 마나축이 부러지면 기존의 마나문명을 유지할 수 없을 뿐더러 새로이 마나가 만들어지지도 않았다.

생명의 기반인 마나가 만들어지지 않는다는 것은 새로이 생명체가 태어나지 못한다는 이야기와도 일맥상통하였다.

임시방편으로 얼마 간 버틸 수 있을지는 몰라도 결국에는 생명체가 없는 사멸한 차원이 되어 버린다는 이야기였다.

물론 이것은 일반적인 이야기이고 이번처럼 차원의 통합이 일어나는 곳에서는 약간 다른 양상이 벌어진다 할 수 있었다.

이미 마나장이 통합된 상황에서 마나 밀도를 맞추어가며 마나축도 서서히 통합이 되어야 하는데, 한 곳의 마나축이 부러진다면 일시적으로 마나 공동화(空洞化)가 발생하고 말 것이었다.

그렇게 마나 공동화로 한 차원의 마나가 비어버리면 다른 차원에서는 더 급격한 흐름으로 마나 밀도를 맞추려고 할 것이고, 그것은 상상하기도 힘든 규모의 후폭풍을 가져올 수도 있었다.

자칫 잘못하면 소수의 강자를 제외한 양차원의 생명체 모두가 그 마나폭풍에 사라질 수도 있을 만큼, 마나축의 붕괴에 따른 마나폭풍은 엄청난 힘을 내포하고 있었다.

즉, 어느 쪽에서든 마나축의 붕괴는 생명체가 말살 될 수도 있는 일이라는 것이었다.

"그래요. 어쨌든 가장 강할 것으로 예상했던 첫 번째 흐름을 넘겼으니 앞으로는 좀 여유가 있겠네요. 몇 번이나 막아야 할 것 같아요?"

"적어도 다섯 번 정도는 더 막아야할 것 같아."

"다섯 번요? 전 세 번 정도면 될 거라 생각했는데…."

"이 차원의 마나축이 너무 약해. 확실히 하려면 다섯 번째 흐름까지는 막아놓아야 할 것같아."

"흠. 다섯 번이라 그럼 최소 세 달 정도는 이곳에 묶여 있어야겠네요."

마나의 흐름을 맞추는 과정은 일시적으로 끝나지는 않았다. 마치 파도가 치듯이 크고 작은 흐름이 왔다갔다하며 마나밀도를 맞추어 갔다.

당연히 막은 보를 터트린 것과 같은 첫 번째 흐름이 가장 강대한 힘을 가지고 있었지만, 그 여파가 남아 있었기에 두 세 번 정도는 그 힘이 어느 정도는 남아 있었다.

하지만 강민이 다섯 번을 이야기하는 것은 이 차원의 마나축이 그것조차 버틸 힘이 없었기 때문에, 강민이 보호해야 한다는 의미였다.

그리고 보통 짧게는 보름에서 길게는 세 달이 넘는 간격으로 그 흐름이 쏟아졌기 때문에 유리엘이 최소 세 달을 말한 것이었다.

"아무래도 그렇겠지. 길면 1년이 넘을 수도 있을 거고 말이야."

"그 때까지 잘 버텨주어야 할텐데 말이에요."

마나축 안에서는 외부의 소식을 들을 수가 없었다. 마나장이 위치한 차원은 이 차원에 속하기는 하였지만, 그 위상(位相)이 다르기 때문이었다.

아공간이 발현되면 아공간 자체는 원래 차원에 속하지만 그 속은 원래 차원과 단절된 것과도 같은 원리였다.

그렇기 때문에 지금 강민과 유리엘은 지구의 소식을 들을 수가 없었다. 흐름이 약해진 지금 나갔다가 나중에 필요할 때 들어오는 식으로 움직이지 못하는 이유는, 통상적으로는 흐름의 주기가 삼일에서 십일이지만 외부의 요인이 생긴다면 삼일보다 더 빠른 시기에도 흐름이 나타날 수 있다는 문제가 있었다.

그리고 한번 흐름이 나타났다면 마나축 스스로의 자율 방어체계가 있었기 때문에 그 방어체계를 부수지 않고서는 다시 마나축 안으로 들어갈 수는 없었다. 방어체계를 부순다는 말은 곧 마나축 자체를 부수는 것과 다르지 않은 이야기였기 때문에 애초에 선택할 수 있는 옵션이 아니었다.

결국 타차원의 마나 흐름의 압력을 마나축이 버텨낼 수 있을 때까지는 어쩔 수 없이 이 곳에 묶여 있어야 하는 상황이었다.

문제는 유리엘이 말한 것처럼 둘이 부재하는 동안 지구인들이 얼마나 버텨주는 가에 있었다.

"잘 하겠지. 결계까지 만들어줬는데 말이야."

"그랜드 마스터급이라 할 수 있는 SSX급 마물들이야 이 곳에도 그랜드마스터가 생각보다 많이 나와서 막을 수 있을 것 같지만, 문제는 그 위의 마물이지요."

통상적으로 SSS급부터 SSF급의 마물은 그랜드마스터급이라 하여 SSX라는 명칭으로 부르고 있었는데, 유리엘이 걱정하는 것은 이 마물들은 아니었다.

광검지경, 혹은 10서클 마법사와 동급이라 할 수 있는 등급외의 마물이 그녀의 걱정이었던 것이었다.

"하긴 그런 놈들이 출현하면 우리가 나서려고 했었지. 그래도 광검지경의 녀석들을 완전히 상대하기 불가능한 건 아니잖아?"

결계까지 펼쳐주었다는 것은 인간들이 사멸하도록 두고 보지는 않았다는 의미였다. 당연히 인간들이 감당하기 힘든 마물들이 나오면 강민과 유리엘이 나서려고 했었다.

광검지경의 마물은 당연히 처리하려 하였고, 그랜드마스터급 중에서도 지역에 따라 해결할 수 없는 마물들은 처리하려 하였다.

하지만 이렇게 묶여 있는 상황에서는 그것이 불가능하였다. 다만, 강민이 언급한 것처럼 인간들 중에서도 그런 마물을 상대할만한 자가 있긴 하였다.

"그렇긴 하죠. 백두일맥의 백무성 가주는 이번에 보니 완전히 광검지경에 들어갔던 것 같고, 올림포스의 메르딘인 아직 10서클에 들지는 못했지만 토니우스의 지팡이를 사용한다면 한두개 정도의 10서클 마법은 사용할 수 있을 테니 버티기는 가능할지도 모르죠."

저번 메르딘은 악마처리 퀘스트에서 가장 많은 득점을 올려 토니우스의 지팡이를 획득한 바가 있었다.

물론 진짜 최고 득점은 한방에 악마의 주력을 전멸시킨 유리엘이었으나, 그녀가 내건 상품을 그녀 스스로 가져갈 수는 없었기에 차점자인 메르딘에게 우승을 넘긴 것이었다.

토니우스의 지팡이는 과거 이레스타 차원의 대마법사 토니우스가 사용하던 지팡이로 사용자의 마력증폭은 물론

이고 지팡이 내에 자체적인 10서클 마법 술식 몇 가지가
내재되어 있는 엄청난 무구였다.

물론 아직 9서클 마법사인 메르딘은 이 토니우스의 지
팡이를 자유자재로 사용하지는 못하겠지만, 그 능력의 일
부만 사용하더라도 광검지경 초입의 마물 정도는 견제할
수 있을 것이었다.

"그래, 우리가 없는 동안 그 둘이 제대로 활약을 해줘야
할텐데 말이야."

"그 정도 능력이 되는 마물은 만나기 쉽지 않을 거예요.
너무 걱정 말아요."

"…그런 마물이 나타난다면 그것도 인간들의 운명이겠
지."

5장. 전개

NEO MODERN FANTASY STORY & ADVENTURE

현세귀환록

5장. 전개

강민과 유리엘이 마나축을 벗어난 날은 마나장의 통합이 있은 지 대략 8개월이 지났을 무렵이었다.

결국 다섯 번째 흐름까지 막아내고 현실세계로 돌아온 강민은 주변을 살피고는 내심 안도의 한숨을 내쉬었다.

그것은 마나축으로 들어갈 때의 입구로 이용한 정원이 무사한 것과 어머니 한미애와 동생 강서영의 평온한 기운이 잡히는 것을 확인했기 때문이었다.

물론 유리엘이 만든 마법기는 절대라는 수식어가 어울리는 것과 같이 광검지경 마물의 공격에도 충분히 버틸 수 있는 생존 마법기였기에, 둘의 신체에 위해가 가해졌을 것이라는 생각은 하지 않았다.

하지만 공격을 받았다면 심적인 충격을 받아 평온한 기운으로 있지만은 못했을 것이기에, 지금의 확인으로 약간의 우려마저도 날려버릴 수가 있었다.

강민이 주변의 상황을 체크하는 것을 본 유리엘은 제니아를 불렀다. 지구의 전반적인 상황을 체크하기 위해서였다.

"제니아."

유리엘의 나직한 부름에 반투명한 형태의 제니아가 스르륵 나타나며 그녀에게 고개를 숙였다.

"유리님을 뵙습니다."

"인사는 됐고, 일단 상황을 보고해봐."

"네, 유리님. 일단 전체 상황부터 보고 드리겠습니다."

말과 동시에 제니아는 지구 전체를 보여주는 홀로그램을 띄운 뒤 설명하기 시작했다.

"우선 총 인구 82억 4,753만 2,248명 중에서 40억 2,504만 6,054명이 살아남았습니다. 비율로 보면 약 48.8%의 생존률을 보이고 있습니다."

제니아 시스템을 운영하고 있는 제니아는 전 지구인에 대한 실시간 정보를 파악하고 있었다. 그렇기 때문에 지금도 정확한 숫자를 포함한 정보를 이야기 할 수 있었다.

"뒤에 세부단위는 떼고 말해도 돼. 구체적인 숫자가 의미를 가지는 것은 아니니 말이야."

"네, 알겠습니다. 다음으로 생존자 중 이능력자 생존현황을 말씀드리겠습니다. SSX급은 11명, SX급은 1,283명, AX급은 98,837명, BX급은 683,937명, CX급은…."

"아, 그 밑 등급까지는 군이 들을 필요가 없을 것 같네."

유리엘이 말을 끊고 다음으로 넘어가길 원하자, 제니아는 즉각 그녀의 의도대로 다음 정보를 언급하기 시작했다.

"네, 그럼 이번에는 결계의 유지상황에 대해서 알려드리겠습니다. 총 214개의 결계가 펼쳐진 도시 중 112개의 결계 도시가 살아남았습니다. 마물의 손에 떨어진 102개의 결계 도시 중 22개의 결계는 축이 훼손되어 결계 자체가 사라졌지만 나머지 80개는 결계의 기능은 유지되고 있어 마물만 몰아낸다면 다시 도시의 기능을 찾을 수 있을 듯 합니다."

"결계가 다 훼손되지 않은 것이 그나마 다행이군."

"지역별로 보시면 다음과 같습니다."

제니아는 홀로그램을 조작하여 살아남은 도시와 마물의 손에 떨어진 도시, 결계 자체가 파괴된 도시가 명확히 구분되도록 하였다.

그 화면을 본 유리엘이 의아한 듯 제니아에게 물었다.

"남반구 쪽은 전멸인데? 이유라도 있었던 거야?"

"마물에 대한 대비가 북반구 쪽이 좋았던 것도 있었지만, 주된 이유는 남반구 쪽에 상대적으로 더 강한 마물들이 많이 출현하였기 때문이었습니다."

남반구에 강한 마물이 출현했다는 제니아의 이야기를 듣던 강민이 조용히 입을 열었다.

"아무래도 마나축을 보호하면서 축의 아래쪽으로 마나를 흘린 것이 다소 영향을 미친 것 같아."

"아. 그런 것인가요? 그렇다면 이해가 가네요. 뭐 어쩌면 지구인들에게는 더 잘된 일일지도 모르겠네요."

유리엘이 잘된 일이라 말하는 것은 지구의 인구 대부분이 남반구보다는 북반구에 몰려 있었기 때문에 이를 통해 더 많은 사람들을 살릴 수 있었기 때문이었다. 물론 남반구 사람들에게는 불행한 일이었지만 말이다.

"일단 개괄적인 설명은 여기까지입니다."

제니아의 개략적인 보고를 들은 유리엘이 강민에게 말을 건냈다.

"다행히 예상했던 범위 내의 피해였네요."

"그렇군. 그나마 다행이라 해야겠군."

둘이 애초에 생각했던 것이 절반 정도의 생존이었으니 지금 상황은 그렇게 나쁘지만은 않았다. 충분히 생각했던 범위 내의 피해 상황이라 할 수 있었다.

"아. 마물은 상황은 어때? 몇 마리나 나타난 것이지?"

"마나를 감추는 능력이 있거나, 특이한 파장을 뿜어내 확인이 안 되는 마물들을 제외한다면 현재 확인되는 마물은 대략 12억 4천만 정도입니다. 그 중 1차각성 개체라 할 수 있는 SX급 이상의 마물은 19,835개체이고 2차각성 개체인 SSX급 마물은 38개체입니다. 다만, 각성개체들은 대부분 남반구쪽에 자리하고 있어 살아남은 인간들에게 직접적인 피해를 입힐 가능성은 적은 상황입니다."

"그렇다면 다행이네. 혹시 초(超)각성 개체는 확인된 것이 없어?"

초각성 개체라면 윤회의 고리를 벗어나 홀로 설 수 있는 개체 즉, 인간으로 치면 광검지경이나 10서클 마법사에 해당하는 경지의 마물을 일컫는 것이었다.

"남반부의 마물들은 진면목을 드러내지 않아 그 중에서 초각성 개체가 있는지 여부에 대한 확인이 되지 않았지만, 북반구에서는 한 개체가 초각성 개체로 추정이 되었었습니다.

초각성 개체라면 제니아 시스템으로 진면목을 모두 확인할 수 없었기에 제니아는 추정이라는 말을 사용하였다.

"어떤 녀석이었지? 아니, 초각성 개체로 추정이 되었다는 말은 활동을 했다는 것인데, 어디서 나타난 거야?"

"그 부분은 이곳 한국의 상황과 연계해서 말씀드리는 것이 나을 것 같습니다.

제니아는 지구 전체를 보여주는 홀로그램 중 한국의 지도만을 확대해서 다시 상황을 보고했다.

"일단 보시는 것처럼 일단 한국의 피해는 다른 나라에 비해서 크지 않습니다."

제니아의 홀로그램에 한국의 지도는 붉게 물들어 있는 인근의 다른 나라들과는 다르게 영롱한 푸른 빛을 발하고 있었다.

"뭐 당연한 결과인가?"

특별히 한국에 그런 결계까지 펼쳐주었는데 어쩌면 이런 결과는 당연할 것일 수도 있었다. 하지만 제니아의 말은 달랐다.

"그게… 당연한 결과는 아니었습니다."

"무슨 소리야?"

"과거 북한 지역과 중국의 접경지역에 고룡급 드래곤이 나타났었습니다. 이것이 조금 전 말씀드린 북반구에 나타난 초각성 개체입니다."

드래곤이 나타났다는 제니아의 말에 유리엘은 제대로 들은 것이 맞냐는 듯한 모습으로 그녀에게 반문하였다.

"지금 말하는 드래곤이라는 것이 내가 네게 준 기억에 있는 드래곤이 맞는 거지?"

"그렇습니다, 유리님. 아르센 대륙에 있는 드래곤과 거의 동일한 개체였습니다."

유리엘은 과거 그녀가 있었던 차원인 아르센 대륙의 정

보를 기준으로 제니아에게 기억을 주입하였었고, 지금 제니아는 정확히 그 차원의 드래곤과 같다고 이야기 하고 있었다.

"흠…. 아르센의 고룡급 드래곤이면 확실히 초각성 개체라 할 만한데…."

마물이나 인간이나 홀로 오롯이 설 수 있는 존재가 되기 위해서는 특별한 깨달음이나, 계기가 필요하였다. 윤회의 고리를 벗어나는 일인 만큼 그런 깨달음이나 계기는 무척이나 얻기 힘든 종류의 것이었다.

하지만 드래곤의 경우에는 세월의 흐름 속에서 자연스럽게 초각성 개체로 각성할 수 있는 종족이었다.

드래곤은 특별한 깨달음이나 계기가 없더라도 시간이 흐르며, 마나가 깊어지며 자연스럽게 초각성의 경지와 흡사한 경지를 얻게 되는 것이었다.

물론 깨달음이나 계기를 통해서 홀로 오롯이 선 존재들과는 다소 다른 종류의 경지였지만, 무력만을 놓고 볼 때에는 오히려 그들을 능가하는 무력을 가졌다 할 수 있었다.

그렇기에 드래곤이라는 종족이 대부분의 종족들이 두려워 하는 종족이 될 수 있었던 것이었다.

"그럼 그 드래곤을 누가 저지 한 것이야?"

"그것은 영상을 보시는 것이 나을 듯합니다."

제니아는 기존의 홀로그램을 둔 채로 별도의 영상을 띄웠다. 영상의 앵글은 공중에서부터 아래로 내려가는 식이라 어디를 촬영한 것인지 바로 알아차릴 수 있게 하였다.

"이곳은 백두산 인근이네."

"네, 그렇습니다."

백두산 인근이라는 유리엘의 말에 지금껏 가만히 있던 강민이 입을 열었다.

"백무성이 나섰겠군. 그의 상태는 어떻지?"

이제 영상은 시작했지만, 강민은 바로 결과를 물었다. 지금은 과정보다는 결과가 중요한 상황이었다.

"…그는, 살아남지 못했습니다."

"역시… 고룡급 드래곤이라면 그렇겠지."

고룡급의 드래곤은 인간의 기준으로 본다면 광검지경의 초입 정도의 경지로 볼 수 있었다. 그렇다면 어찌보면 비슷한 경지에 있는 백무성이라면 한 번 해 볼만 한 상대라 할 수도 있었다.

하지만 강민은 백무성의 패배를 예상이나 한 듯이 중얼거렸다. 아니 되려 이렇게 물었다.

"그럼 그 드래곤은 어느 정도의 피해를 입었지?"

드래곤이 당연히 살아 있을 것을 가정한 물음이었다. 그런 판단의 기저에는 드래곤이 어떤 생물인지 누구보다도 강민이 잘 알고 있었기 때문이었다.

만일 보통의 마물을 상대한다면 그 마물과 비슷한 정도의 능력자라면 충분히 박빙의 대결이 가능할 것이었다. 오히려 장비나 주위 능력자들의 도움을 얻어 좀 더 유리한 대결을 할 수도 있었다.

그러나 드래곤은 달랐다. 마나를 주입하면 검강도 버틸 수 있는 육체적 능력만 따져도 엄청난 마물이라 할 수 있었는데, 드래곤의 강함은 육체보다는 마법의 사용에 있었다.

마나 사용에 최적화된 드래곤의 신체는 무한의 마나를 바탕으로 엄청난 위력의 마법들을 사용가능하게 하였다.

게다가 고룡급이면 9서클을 넘어 10서클 마법 또한 사용이 가능할 것이었다.

물론 윤회의 고리를 끊고 홀로 오롯이 선 10서클의 마법사처럼 자유자재로 10서클 마법을 사용하지는 못하겠지만, 자신의 성향과 맞는 마법 중 주력으로 삼는 몇 개의 마법계통에서는 충분히 10서클 사용이 가능하였다.

오히려 그 마법들은 보통의 10서클 마법사가 쓰는 마법보다도 더 강한 힘을 낼 수 있을 것이었다.

그렇기에 지금 나오는 제니아의 말에 강민은 약간 놀랍다는 듯 반문하였다.

"그것이… 드래곤 역시 죽었습니다."

"음? 사실이야?"

"네, 그렇습니다. 자세한 상황은 영상을 보시는 것이 나을 듯 합니다."

그제야 강민은 제니아가 보여주는 영상에 집중하기 시작했다. 드래곤의 강함을 누구보다도 잘 알고 있는 강민은 백무성 정도의 수준으로 고룡급 드래곤을 잡았다는 것이 신기하였기 때문이었다.

지금 제니아의 영상에서는 무슨 이유에서인지 검은 비늘의 블랙드래곤이 다리와 꼬리를 휘저으며 난동을 부리는 모습이 나오고 있었다. 마치 화풀이를 하는 듯한 모습이었다.

"왜 저러는 거야?"

"아무래도 뭔가 하다가 이리로 날아온 것 같아요. 저렇게 날뛰는 모습이 꽤나 중요한 일을 하다가 그런 것 같네요."

"그래도 그렇지. 고룡씩이나 된 녀석이, 해츨링도 하지 않을 성질을 부리다니 어이가 없네."

"뭐, 이유가 있겠죠. 아. 저기 백무성이 나오는군요."

유리엘의 말처럼 화면의 한 쪽에서 백무성이 십여명의 수하들을 이끌고 블랙드래곤이 활개 치는 곳으로 뛰어왔다.

"수하가 있어서 이길 수 있었나? 저기 세 명의 금강승을 감안한다 하더라도 힘들었을텐데…."

일대일이 아니라는 것에서 백무성의 승산이 조금 올라가기는 하였지만, 그래도 고룡을 이길 정도는 아니었다.

"이제부터 보면 알겠죠."

드래곤은 100미터가 넘는 눈에 띄는 큰 몸집이라 이런 난동을 부리지는 않더라도 시야에서 놓칠 리가 없었다.

블랙드래곤의 지척까지 다가간 백무성은 문답무용으로 자신의 환도에 광검을 깃들이더니 드래곤의 배를 향해 검격을 펼쳤다.

블랙드래곤은 크게 신경쓰지 않고 있던 인간에게서 뜻밖의 강렬한 공격이 터져나오자 그 육중한 몸을 순간적으로 공간이동시켜 자리를 피했다.

아무리 고룡이라 하더라도 광검의 공격은 위험하다 할 수 있었기 때문이었다. 그리고는 곧바로 공격하는 것이 아니라 백무성에게 말을 걸었다.

[호오. 이 차원에도 네 놈 정도의 실력자가 있었다는 말인가?]

드래곤의 대화시도에 백무성을 비롯한 그의 수하들은 깜짝 놀라고 말았다.

"마물이…. 말을 하다니…."

지금껏 수많은 마물들을 보았지만, 대화를 시도한 마물은 한번도 만나지 못했었다. 그렇기 때문에 백무성의 놀라움은 당연한 것이었다.

[마물? 크큭, 우리를 마물이라 부르다니 확실히 이 차원에는 우리 종족이 없는가 보군. 우선 내 소개를 하지 나는 블랙드래곤 일족의 알카이브다.]

자기 소개를 하는 알카이브의 행동에 백무성 역시 꺼내 들었던 환도를 도집에 갈무리한 후 자신의 소개를 하였다.

"알카이브? 나는 백두일맥의 가주 백무성이라 하네. 말이 통하는 마물, 아니 타차원의 존재가 있을 것이라 생각하지 못해 처음에 공격을 하였네. 미안하군."

[미안할 건 없지. 어차피 네 몸을 가져갈 생각이니 말이야.]

"뭐?"

몸을 가져간다는 알카이브의 발언에 백무성은 깜짝 놀라며 다시 전투태세를 갖추었다.

[크크큭. 생각지도 못한 차원이동 때문에 다잡은 티그리안 일족의 왕을 놓쳐서 화가 치밀었는데 여기서 더 높은 경지의 대전사를 구할 수 있을 줄은 생각도 못했군.]

영상에서 보여지는 백무성은 알카이브가 하는 말을 전혀 알아듣지 못하는 것처럼 보였다. 그도 그럴 것이 티그리안이니 대전사니 하는 말은 이곳에서 쓰이지 않는 말이기 때문이었다.

하지만 영상을 보는 강민과 유리엘은 둘의 대화를 통해서 당시의 상황을 유추할 수 있었다.

"대전사라면 저 쪽도 드래곤의 개체수가 많지는 않은가 보군."

"그런가 봐요. 대전사를 사용해서 직접 전투를 피하게 하는 것보니 말이에요."

드래곤이 있는 차원은 생각보다 흔하였다. 특정 차원에서 자생한 개체도 있을테지만, 대부분의 경우는 호기심 많은 드래곤들이 차원이동을 통해서 타차원으로 갔다가 그 곳에서 드래곤이라는 종족을 퍼트린 경우가 많았다.

암수가 교미하여 생식을 할 수도 있지만, 자가 생식 또한 가능한 종족이다 보니 혼자서 차원을 넘어간다 하더라도 종족을 퍼트리는 것에는 큰 문제가 없었다.

물론 알을 낳는 것은 엄청난 마나 소모를 하는 행동이기 때문에 폭발적으로 개체수를 늘릴 수는 없겠지만, 자가생식을 할 수 있는 만큼 종족 자체의 명맥이 끊어지지는 않을 것이었다.

그렇게 여러 차원에 존재하고 있는 드래곤들은 차원의 개체 수에 따라서 분쟁을 조절하는 방식이 보통 둘로 나누어졌다.

개체수가 많은 곳에서는 분쟁을 해결하는 방법에 대한 제약이 적거나 거의 없었다.

즉, 분쟁이 생기면 드래곤들끼리 직접 전투를 벌여서 심하면 상대방을 죽음에 이르게 하는 경우도 비일비재하였다.

하지만, 개체수가 작은 곳에서는 보통 직접적인 전투는 하지 못하도록 드래곤 로드로 통칭되는, 수장급의 드래곤이 막는 경우가 많았다.

그렇다하더라도 스스로의 무력에 자신감과 자부심이 넘치는 드래곤들 사이에서 분쟁이 없을 수는 없었다.

그리고 아무리 로드라고 하더라도 그 분쟁자체를 무효화 시킬 수도 없는 노릇이었다. 그래서 결국 나온 방법이 대전사(代戰士)를 활용하는 방법이었다.

대전사는 간단히 말하면 대신해서 싸워주는 사람을 일컫는 말이었다.

개체수가 적은 드래곤들이 서로 싸우다가 한 쪽이 죽는 상황을 방지하기 위해서, 각 드래곤들을 대신해서 싸워 그들의 분쟁을 해결하는 방식인 것이었다.

이런 상황을 잘 알고 있는 강민과 유리엘은 대전사라는 알카이브의 말에 그들의 상황을 바로 이해할 수 있었다.

또한 조금 전 알카이브가 난동을 부린 이유도 다 잡은 대전사를 놓쳤기 때문이라는 것도 유추할 수 있었다.

"이야기를 들어보니 상황이 짐작이 가는군."

"그러게요 아무리 초입이라 하더라도 광검지경의 능력자라면 대전사로서 거의 최상급일테니까요."

"고룡쯤 되면 광검지경 초입이라 해도 잡지 못할리 없으니 말이야."

강민과 유리엘이 이야기를 나누는 동안, 영상에서 알카이브와 백무성의 대화도 계속 이어졌다.

"무슨 소리를 하는 것이냐!"

[네 놈을 나의 대전사로 삼겠다는 것이지. 골드 일족은 상응하는 대가를 주고 계약을 맺기도 한다던데, 난 그런 번거로움은 싫어서 말이야. 능력이 조금 떨어지더라도 정신을 제압해서 사용하는 것이 언제든지 사용할 수 있어서 더 낫더군.]

그렇게 말을 마친 알카이브는 검은 두 눈에 마나를 깃들이더니 시동어와 함께 그 마나를 쏘아냈다.

[알카라 바리카 둠!]

알카이브의 눈에서 쏘아진 마나는 백무성의 온 몸을 감쌌다. 심상치 않은 알카이브의 기세에 백무성은 미리 몸에 호신막을 친 상태였는데 정신에 직접 개입하는 알카이브의 마법은 백무성의 호신막과 관계없이 그의 정신에 파고들었다.

애초에 정신공격인줄 알았다면 정신계 방어막을 쳤을테지만, 이런 공격이 있으리라고는 생각하지 못했던 백무성으로서는 때늦은 후회였다.

"으…. 으윽…. 으으윽…."

백무성은 자신의 정신으로 파고든 알카이브의 마법을 적극적으로 저항하였다. 하지만 블랙드래곤 일족의 주특기 중의 하나가 정신계 마법이었다.

그리고 백무성의 광검 공격을 통해서 그의 수준을 알아본 알카이브는 자신이 펼칠 수 있는 최고의 마법을 펼친 것이었다.

즉, 지금 고룡급의 블랙드래곤 알카이브가 지금 사용하는 이 마법은 10서클 마법이라는 의미였다.

백무성이 알카이브의 마법을 저항하는 동안 그가 데려온 수하들도 가만히 있지는 않았다. 자신들의 가주가 공격을 받고 있다는 것을 파악한 수하들은 적극적으로 드래곤의 몸체를 향해서 공격을 가하기 시작하였다.

챙~챙챙~

콰앙~ 콰앙~

검기와 검강들이 알카이브의 비늘에 작렬하였다. 9명의 수하 중 3명은 그랜드마스터의 경지에 오른 금강승이고, 나머지 6명도 모두 마스터의 경지에 오른 강자들로 무시할만한 전력은 아니었다.

특히, 세 명의 금강승들의 검강은 평범한 검강보다도 훨씬 날카롭고 정련되어 알카이브의 비늘도 일부 잘라낼 정도였다.

'크윽. 꽤나 날카롭군. 그런데 이 놈이 생각보다 오래 버티는데? 아까 티그리안의 왕을 잡는다고 너무 많은 마나를 사용해서 최대출력으로 마법을 사용하지 못해서 그런건가?'

광검지경인 만큼 어느 정도는 저항할 것이라 생각했지만, 지금 백무성이 버티는 것은 그의 생각이상이었다.

"크으으윽…. 으으윽…."

아직도 괴로워하며 저항하는 백무성을 본 알카이브는 방어로 돌린 마나마저도 이 마법에 집중시켜 어서 빨리 백무성을 장악하기로 마음먹었다.

'지금 공격이 꽤 아프긴 하지만, 이깟 상처야 치료마법 한번이면 금방 치유될테니 일단 저놈부터 확보하자.'

알카이브의 결심과 동시에 알카이브의 눈에서 쏘아지는 마나광선의 빛은 더욱 강렬하게 빛이 났다.

하지만 동시에 알카이브의 비늘에 서린 마나의 양이 줄어들면서 백무성 수하들의 공격이 비늘을 뚫고 알카이브의 몸체를 가격하기 시작했다.

'크윽… 그만 버티고 굴복하라!'

알카이브의 정신지배 마법광선이 더 강한 힘을 발하는 동안 백무성의 머리에는 왠지 모를 현기를 가진 푸른 광체가 은은히 발현하였다.

딱 보아도 이 푸른 광체가 백무성이 그 스스로의 정신을 붙잡을 수 있도록 보호해주는 것처럼 보였다.

백무성 또한 자신이 정신을 놓으려고 할 때마다 기이한 힘이 자신의 정신을 일깨워주는 것 같은 느낌을 받고 있었다.

이 현장에 있는 누구도 이 상황에 대해서 이해하지 못하고 있었으나, 이 상황을 영상으로 보는 강민과 유리엘은 이런 현상이 벌어지는 이유를 누구보다도 잘 알고 있었다.

"제마봉(制魔棒)으로 심어 놓은 청명기(淸明氣)가 이렇게 그에게 도움을 줄지는 몰랐군."

지금 백무성을 보호하는 푸른 광체는 과거 백무성이 심마에 빠졌을 때 심마를 제거하면서 강민이 심어 놓은 청명기라는 기운이었다.

당시 백무성에게 다시 심마가 발현할 것을 염려하여 그의 정신을 보호할 수 있는 한 줄기 기운을 남겨 둔 것이었는데, 그 기운이 공교롭게 알카이브의 정신계 마법에 저항할 수 있는 힘이 되어주고 있는 것이었다.

"그러게 말이에요. 지금 저 고룡의 마법 수준이나 백무성의 수준으로 보아 그의 본신 능력만으로 저항했다면 벌써 저 마법에게 먹혀버리고 말았을 것 같네요."

"그렇겠지. 저 드래곤으로서는 충분히 마법이 먹힐 상대가 저항하고 있으니 당황스럽기도 했겠지. 그런데 저 알카이브란 녀석 꽤나 멍청하군. 저렇게 복부가 뚫려서 꽤나 큰 상처를 입고 있는데 아직도 저 마법에 집착하는 것을 보니 말이야."

"호호호. 근데 상황이 좀 우습긴 해요. 아예 막아냈다면 그냥 포기했을테지만 저렇게 잡힐 듯 잡힐 듯, 잡히지 않고 있으니 지금 마법을 포기하기도 아깝겠죠. 상태를 보니 마법에 거의 전 마나를 사용하고 있는 것 같은데 말이죠."

강민과 유리엘이 대화를 나누는 동안 백무성의 수하들에 의해 알카이브의 복부는 꽤나 큰 상처가 난 상태였다.

알카이브가 10서클 마법의 시전에 집중하느라 몸을 이동할 여력도 없었고, 방어에 쓰는 마나도 최소화한 덕분이었다.

지금도 백무성은 괴로워만 하고 있었는데, 결국 계속적인 공격으로 상처가 커짐에 위기감을 느낀 알카이브가 마법을 거두고 몸을 피하면서 이 기묘한 대치상황은 종료되었다.

마법을 거둔 알카이브는 재빨리 뒤로 이동하여 공격을 피한 후 자신의 몸에 회복마법을 걸었다.

"커헉!"

알카이브가 마법을 거두자 백무성은 크게 숨을 토해내며 바닥에 한쪽 무릎을 꿇었는데 그의 상태도 괜찮아보이지는 않았다.

"가주님!"

"괜찮으십니까?"

"크윽… 나는 괜찮다. 어서 빨리 저 마물을 잡아야 할 것이야. 저 마물이 이 세상에 마음대로 돌아다닌다면 세상은 종말을 맞고 말게 될 것이다!"

백무성은 만일 자신을 보호하는 기이한 기운이 없었다면 자신은 조금 전 알카이브의 마법공격에 정신을 잃어버리고 그의 꼭두각시가 되었을 것이라 확신하였다.

광검지경에 다다른 자신이 그 정도라면 자신보다 밑에 있는 능력자들은 이 마물의 마법에서 벗어날 수 있는 자가 없을 것이 자명하였다.

이 마물을 해치우지 못한다면 이 세계의 미래는 없다는 생각이 든 백무성은 자신의 목숨을 버려서라도 알카이브를 해치울 결심을 하였다.

더군다나 아직 마물은 조금 전 입은 피해를 회복하는데 주력하고 있기에 지금이 마지막 기회라 할 수 있었다.

만일 이 자리를 떠나서 완전히 회복된 상태로 돌아온다면 백무성은 스스로를 알카이브라 칭한 이 마물을 막아낼 자신이 없었다.

결심을 한 백무성은 알카이브의 마법에 저항하느라 엉망이 된 내부의 상황을 무시하고 빠르게 몇 군데의 혈도를 짚었다.

사혈(死血)이라 할 수 있는 혈도에 특유의 운행으로 기를 집어넣자 내부의 기는 마치 용암처럼 들끓기 시작했다.

그렇게 끓고 있는 것은 단지 내부의 마나에 그치지 않았다. 기를 담고 있는 단전마저 그의 흐름에 동조하여 펄펄 끓는 솥처럼 엄청난 기운을 머금은 마나를 그의 전신으로 보내주었다.

백두일맥의 비전(祕傳) 멸성신(滅星身)이었다. 멸성신은 별을 멸하는 신체라는 그 이름에 걸맞을 정도로 백무성에게 엄청난 힘을 주고 있었다.

그리고 이런 갑작스러운 큰 힘에는 당연히 대가가 따랐다. 그 대가는 시전자의 목숨이었다.

하지만 지금 백무성은 자신의 목숨을 도외시하고 눈앞의 알카이브를 해치울 생각만을 하고 있었다.

회복에 주력하던 알카이브는 갑자기 발현되는 거대한 힘에 깜짝 놀라 회복도 잠시 멈추고 자신의 전면에 방어마법을 펼치기 시작하였다.

지금 나오는 힘에 직격당한다면 아무리 고룡인 자신이라도 그냥 넘길 수는 없을 정도로 강렬한 힘이었기 때문이었다.

[프리즘 월! 크로메틱 실드! 타이케론 아머!]

방어마법은 주력계통의 마법이 아니라서 10서클의 방어마법은 아니었지만, 9서클의 마법 중에서는 최고의 방어마법이라 일컫는 마법들을 펼쳤다.

하지만 지금 백무성의 몸은 그 자신이 하나의 거대한 광검이 된 듯이 온 몸에 광검을 발현시켜 알카이브의 전면에 펼쳐진 마법들을 갈라내고 천천히 그에게 날아오기 시작했다.

'크윽… 당분간 가수면기에 들어가더라도 어쩔 수 없겠
군. 이놈은 위험해. 해치워야겠어'

알카이브 역시 백무성이 보여주는 힘의 위험함을 파악
하고 자신이 할 수 있는 최고의 공격을 펼치기 위해서 입
을 열었다.

그의 드래곤 하트 속에 담긴 무한대의 마나가 일시적으
로 비어버릴 정도로 막대한 마나가 그의 입을 통해서 쏟아
져 나왔다. 바로 드래곤 브레스였다.

쿠와와와아~~~!

가공할 만한 기운을 담은 알카이브의 연녹색 브레스는
백무성에게 직격하였다. 백무성 역시 지금 그가 펼치고 있
는 한 번의 공격에 혼신을 다하고 있어 피할 여력도 없는
지, 피하려는 시도조차 하지 않고 정면으로 맞서 브레스를
뚫으려 하였다.

"크으윽…."

하지만 고룡은 고룡이었다. 기본적으로 고룡급의 드래
곤이 사용하는 브레스는 계통과 무관하게 10서클 마법의
파괴력에 육박하였다.

그렇기에 아무리 백무성이 광검을 온 몸에 둘렀다고 할
지라도 초입의 광검지경으로는 브레스에서 그의 몸을 온
전히 지켜낼 수 없었다.

결국 산성을 머금은 것처럼 보이는 알카이브의 브레스

는 광검에 둘러싸인 백무성의 몸을 조금씩 녹여 나갔다.

그렇게 알카이브의 입에서 1미터 정도까지 다가간 백무성은 이미 두 다리와 왼팔이 녹아내려 버린 상태였다. 온전한 부위라고는 환도를 든 오른손과 머리, 몸통만이 온전한 상태였다.

아니 그것 또한 온전하다고 말하기는 힘든 상태였다. 피부는 거의 다 녹아버려서 근육과 뼈가 드러났기 때문이었다.

하지만 이런 희생에도 불구하고 백무성의 몸은 알카이브에게 닿지 못하고 1미터 앞에서 멈추고 말았다.

"끝이다."

[그래 끝이지. 네 놈 때문에 내가 100년은 가수면기에 들어가야 할 정도로 무리했으니 영광으로 알거라.]

알카이브의 이죽거리는 말에 입술마저 녹아내려 발음조차 불분명한 백무성이 다시 말했다.

"네 놈도 끝이라는 이야기다. 가거라!"

가라는 백무성의 마지막말과 동시에 그의 온 힘을 담고 있던 백무성의 애도가 알카이브의 머리 쪽으로 쏘아져나갔다.

환도에는 여전히 광검이 서려있었는데 몸을 보호하던 마나를 다 거두고 환도에만 집중시킨 결과였다.

[뭐… 뭐냐….]

몸을 보호하던 마나가 사라졌기에 백무성의 몸은 아직 남아있는 브레스의 여력에 휩쓸려 시체조차 남기지 못하고 사라져버렸다.

하지만 백무성의 마지막 힘이 담긴 그의 환도는 백무성이 의도한 바를 달성하였다.

콰가각!

알카이브의 당황함을 아는지 모르는지 백무성의 환도는 브레스를 뚫고 알카이브의 입천장에 틀어박혔다.

치명상이라 할 수 있는 일격이었지만, 드래곤의 회복력을 생각하면 알카이브를 해치울 수 있는 일격은 아니었다.

[커헉! 의지가 대단하군. 그러나… 어억!]

하지만 그것이 끝이 아니었다.

콰아앙!

입천장에 틀어박힌 환도가 그대로 터져버린 것이었다. 단순히 검강을 머금은 조각들이었다면 어쩌면 집중된 마나의 힘으로 버텨냈을지도 모르겠지만, 지금의 공격은 광검이 담긴 일격이었다.

백무성의 혼신의 힘이 담긴 도편(刀片)들이 알카이브의 뇌를 비롯한 머리를 난자하였다. 그리고 아무리 드래곤이라지만 뇌가 곤죽이 되어버려서는 살아남을 수가 없었다.

그렇게 절대적 강자라 할 수 있는 고룡급의 블랙드래곤 알카이브가 눈에 생기를 잃은 채 바닥으로 쓰러지고 말았다.

이어지는 영상에서는 백무성의 수하들이 백무성이 남긴 흔적과 알카이브의 사체를 수습하는 장면들이 찍혀있었으나, 그런 부분은 강민과 유리엘의 관심 밖의 문제였기에 유리엘은 제니아에게 손짓을 하여 영상을 종료할 것을 지시하였다.

"저렇게 되었군."

"알카이브라는 녀석이 멍청하게 굴지만 않았어도 저렇게 허무하게 죽지는 않았을텐데, 인간에게는 다행이라 할 수 있겠네요."

"뭐 그런 점을 감안하더라도 백무성이 보인 모습은 확실히 영웅적인 모습이었지. 불행 중 다행이라면 저 드래곤의 사체를 가져갔으니, 백두일맥에서는 광검지경의 고수가 없다하더라도 앞으로 그 힘이 강화될 여지는 있겠군."

드래곤의 사체는 어느 차원에서나 엄청난 가치를 지니고 있었다. 완벽한 무구를 만들 수 있는 드래곤 스케일과 드래곤 본은 너무나도 유명한 이야기였고, 마나를 강화시킬 수 있는 드래곤 블러드와 드래곤 플레쉬까지 드래곤의 사체는 버릴 곳이 없었다.

그 중 백미는 당연히 용심(龍心), 드래곤 하트였다. 드래곤 하트로 마법기를 만든다면 최고 수준의 마법기가 가능할 것이고, 마나를 흡수한다면 그 마나를 제어할 수 있는 능력자에 한해 순식간에 그랜드마스터급의 마나를 줄 수도 있을 것이었다.

이렇게 무궁무진한 쓰임새를 가진 드래곤의 사체를 얻었다는 것은 비록 광검지경의 고수가 운명을 달리했지만, 백두일맥의 앞날이 어둡지 않을 것을 짐작할 수 있게 하였다.

"하긴 지금도 그랜드마스터급이 세 명이나 남아있고, 다른 사람이라도 저 고룡의 사체를 소화하여 받아들일 수 있다면 뭐 완전히 손실이라고만은 볼 수 없겠네요."

"그렇지. 어쨌든 백무성이 저 드래곤을 처리하지 않았다면, 결계에도 불구하고 한국 역시 꽤나 피해를 입었겠는걸?"

"그러게 말이에요. 한국을 구했다고 해도 과언이 아니겠네요."

"인간들의 사기를 진작 시킬 겸 이런 업적을 홍보해주는 것도 괜찮겠네."

사실 강민과 유리엘이 예상했던 범위 내의 손실이라 하더라도 지금 인류는 패닉 상태에 가까웠다.

그것은 이런 세계적인 재앙을 겪어본 경험이 없었기 때문이었다. 웜홀의 폭주에 대해서 미리 경고는 있었지만,

전 인류의 절반이 죽을 정도로 심각한 일일 것이라는 아무도 생각하지 못하였기 때문이었다.

그렇게 모든 인류가 공포에 빠져 있는 상태에서 이런 영웅적인 업적을 알리는 것만으로도 남은 인류에게 큰 힘을 줄 수도 있을 것이었다.

"그럼 그렇게 하죠. 일단 제니아에게서 개괄적인 현황은 들었으니, 벤자민을 불러서 세부 현황에 대해서 파악해보도록 해요. 어차피 본부도 한국으로 옮겼다고 하니 부르면 금방 올 수 있겠네요."

제니아에게서 들을 수 있는 정보와 벤자민에게서 들을 수 있는 정보는 다른 카테고리의 정보였다.

제니아가 현상에 대한 사실적인 정보라면 벤자민은 인간들의 대처를 비롯한 분석적인 정보를 제공해 줄 수 있었기 때문이었다.

하지만 지금 급한 일은 그것이 아니었다. 집 안에 있는 한미애의 기운을 확인한 강민이 그것을 지적하며 이야기를 하였다.

"벤자민은 나중에 부르고 일단 어머니께 인사부터 드리자. 아무래도 우리가 8개월 가까이 자리를 비웠더니 걱정하고 계신 것 같아."

"확실히 그런 기운이 보이시네요. 얼른 가서 걱정을 풀어드려요."

그렇게 제니아를 돌려보낸 강민과 유리엘은 이제 문을 열어 집안으로 들어갔다.

"어머니, 다녀왔습니다."

현관을 열고 들어서는 강민을 본 한미애는 깜짝 놀라는 표정을 짓더니 강민에게 다가와서 그를 끌어안았다.

"무사했구나. 수고했다. 수고했어."

이미 짧으면 6개월에서 길면 1년 정도까지 자리를 비울 수 있다고 미리 말을 해놓은 상태였기 때문에, 한미애는 과거 강민이 실종되었을 때처럼 마음 졸이지는 않았다.

하지만 과거의 기억이 남아 있는지라 6개월이 넘어가자 다소 초조한 마음을 감추지 못하고 있었다.

그런데 1년을 채우기 전 8개월만에 아들이 돌아오자 한미애는 무척이나 기뻐하며 강민을 반겼다.

한미애는 강민이 절대적인 능력을 갖고 있다는 것은 주변을 통해서 들었지만, 아직도 자식 걱정을 하는 평범한 어머니였다.

마물 따위에게 절대 강민이 당할 일이 없다고 이야기는 들었지만, 자식은 아무리 커도 자식이듯이 연일 도시가 무너지고 나라가 무너지는 상황에서 한미애의 걱정은 어떻게 보면 당연한 일이었다.

＋

한미애와 강서영에게 돌아왔다는 인사를 하고 그들의 걱정을 풀어주고 난 뒤, 강민과 유리엘이 움직인 곳은 벤자민이 있는 유니온이 아니라 KM 그룹의 본사였다.

어차피 KM그룹에도 들려야 하기 때문에 벤자민을 굳이 집으로 부르기 보다는 그곳으로 불러서 한 번에 일을 처리할 생각에서였다.

그렇게 강민과 유리엘이 회장실로 들어오자마자 장태성 기획실장이 올라왔다는 비서의 보고가 들려왔다.

"들어오라 하세요."

강민의 들어오라는 말이 끝나기가 무섭게 문이 열리며 상기된 표정의 장태성 실장이 들어왔다.

"회장님! 괜찮으십니까?"

"저야 괜찮지요. 무슨 일이십니까?"

"아. 그… 그게…."

장태성은 오랫동안 자리를 비웠던 강민의 안부를 물어보려 이렇게 다급히 올라온 것이었는데, 아무렇지 않게 평상시처럼 대하는 그의 모습에 되려 당황하고 있었다.

"음. 이왕 올라오신 김에 회사 상황이나 보고해 주세요."

"아, 네. 알겠습니다. 회장님. 급히 올라오느라 자세한 서류를 들고 오지 못했습니다. 세부적인 내용은 별도 보고 드리겠습니다."

"세부적인 내용이 중요한 것이 아니니 대략만 보고해주세요."

"네, 알겠습니다. 일단 전에 지시하신대로 결계도시 밖에 있던 계열사의 지역본부 및 지부들은 둠스데이가 있기 전에 다 매각하여 결계도시 밖에서 손실을 입은 것은 거의 없었으나, 결계 도시 안에 있던 지사들은 상당한 피해를 입은 상태입니다. 특히, 호주나 남미 쪽의 지사들은 그 도시들이 그랬듯이 모두 괴멸되어버린 상태입니다."

지금 장태성 실장이 둠스데이라고 말하는 것은 언론에서 웜홀의 폭주가 일어난 날을 지칭하여 둠스데이라고 언급한 뒤로 그 날은 일반인에게도 둠스데이라는 호칭으로 지칭되고 있었기 때문에 그 역시 둠스데이라는 호칭으로 이야기 하고 있었다.

"다른 곳은 어떤가요?"

"한국을 제외한 아시아쪽 지부와 중동 쪽 지부들도 큰 피해를 입었고, 유럽이나 북미 쪽도 비교적 적기는 하지만 그래도 피해를 입긴 하였습니다."

지금은 담담하게 말하고 있으나 당시 장태성 실장은 엄청난 스트레스를 받으며 괴로워했었다.

하지만 일어난 일은 일어난 일이고 장태성은 남은 KM 그룹을 다독여야 할 책임이 있었기에, 남은 직원들과 사업을 생각하여 다시 마음을 잡고 그 스트레스를 이겨냈었다.

"그렇군요. 원자재 확보 지시는 어떻게 되었습니까?"

"아. 그 부분은 이전부터 꾸준히 준비했던 것만큼 목표치의 두 배 이상을 달성한 상태입니다. 카운트다운이 시작되고는 가격이 많이 올랐지만, 그 전에 저렴하게 구매했던 물량이 많아서 예산도 그리 많이 들지 않았습니다."

"두 배라구요? 호오. 꽤 노력하신 것 같네요."

"회장님께서 자금을 더 풀어주셨기에 가능했던 부분이겠지요."

어차피 금융자산, 부동산 자산이 무의미해지는 상황이다 보니 카운트다운 시계가 뜨기 이전부터 강민은 그룹의 가용 가능한 재산 모두를 동원하여 식량, 석유, 광물 등의 실물자원으로 전환하라는 지시를 내려놓은 상태였다.

최근 마정석이나 마물의 사체가 가장 각광받는 원자재이긴 하였지만, 전통의 원자재들도 그 쓰임이 많았다. 어차피 웜홀의 폭주 때문에 마정석과 마물의 사체가 넘쳐날 상황이기에 그것보다는 통상적으로 생각하는 원자재에 집중 하도록 하였다.

더군다나 화폐의 가치가 급락할 것이 뻔했기에 강민이 가지고 있던 수십조에 달하던 현금자산들도 모두 그 작업에 동원하도록 하였었다.

그렇기에 KM그룹에서 매집한 물량은 일개 기업에서 확보할 정도의 수준이 아닐 정도로 많은 수량이었다.

"어쨌든 고생 많으셨습니다."

"아. 그리고 한국 정부에서 우리가 원자재를 매입했다는 것을 파악하고 그것을 매각해달라는 요청이 들어온 상태입니다."

"흠… 일단 목표치보다 많이 확보하였으니 일부 여유가 있는 부분은 매각해도 좋습니다. 다만 매각은 현금성 자산이 아닌 한국 내 토지나, 다른 원자재로 받도록 하십시오."

"네, 알겠습니다."

화폐의 가치는 계속 떨어질 것이 자명하였기에 현물로서 대금을 받도록 한 것이었다. 특히, 지금의 상황에서 땅은 가치가 없는 재화였지만, 예외적으로 한국의 토지라면 다른 어떤 재화보다도 가치가 있는 재화였다.

당연히 장태성도 그런 상황을 이해하였기에 별 다른 말은 없었다.

"그럼, 나가보도록 하세요."

"네, 회장님. 자세한 보고는 나중에 별도로 드리겠습니다."

그렇게 장태성을 보낸 강민은 원래 부르기로 생각했던 벤자민에게 연락하였다. 벤자민은 강민의 전화를 기다리고 있었는지 몇 번 신호가 울리지도 않았는데 금방 전화를 받았으며 말했다.

[강회장님, 돌아오셨습니까?]

벤자민을 비롯한 측근들에게는 무슨 일을 하는지 까지는 말하지는 않았지만, 자리를 비운다는 것 정도는 언급해 뒀기에 그는 강민의 전화에 돌아왔냐는 말로 인사를 대신하였다.

"그래, 지금 KM 그룹 본사 회장실에 있으니 이리로 와서 그간의 현황을 보고 하도록."

완전한 수하를 자처하는 벤자민과 단순 고용인인 장태성을 대하는 강민의 태도는 당연히 다를 수밖에 없었다. 벤자민도 그런 자신의 입장을 잘 알고 있었다.

[네, 알겠습니다. 지금 바로 그리로 가겠습니다.]

전화를 끊은지 1분도 채 지나지 않아 벤자민은 회장실에 있는 접대용 소파 뒤쪽에 모습을 드러냈다.

KM 그룹의 본사에는 결계가 펼쳐져 있었지만, 유리엘이 편의상 벤자민에게 지금 그가 선 곳의 보안 좌표를 알려줬기에 그의 공간이동에는 아무런 문제가 없는 상태였다.

"강회장님."

모습을 드러낸 벤자민은 강민을 보고 고개를 숙여 인사하더니 그에게 다가왔다.

"상황은 어떻지?"

"심각합니다. 호주나 남미, 아프리카는 완전히 마물의 손에 떨어졌고, 중동이나 동아시아도 소수의 도시를 제외하고는 대부분 괴멸 된 상태입니다. 그나마 다행인 것이 유럽과 미국 정도은 그래도 꽤 버티고 있다는 것입니다."

지금 벤자민의 이야기는 이미 제니아의 보고를 통해서 잘 알고 있던 내용들이었다. 강민이 그에게 원하는 정보는 사실적인 정보보다는 분석적인 정보였다.

"그런 부분은 이미 알고 있어. 네게 묻고 싶은 것은 지금 인간들의 상황이야."

"아. 사실 지금 인류는 공포에 휩싸여 있다 할 수 있습니다. 이 정도 사건이 벌어진 적은 없었기 때문이지요. 하지만 강회장님과 유리님의 조치로 인해서 최소한의 생존 여력을 가질 수 있어 앞으로는 상황이 나아질 듯 합니다."

벤자민은 강민과 유리엘의 업적, 정확하게는 유리엘의 업적을 칭송하며 말을 이었는데 강민을 손을 들어 그의 말을 막으며 말했다.

"공치사는 그만 되었고, 정확한 상황이 어떻게 돼?"

"처음 3개월은 인류는 세상에 종말이 온 듯이 행동하였는데 지금은 어느 정도 혼란 속의 질서를 찾고 있는 상황이라 할 수 있습니다."

"벌써? 생각보다 상황이 좋은가보군."

"그것이 가능했던 이유는 마물들이 이동보다는 정주(定住)를 택하는 경우가 많아서였습니다. 그래서 나타난 모든 마물을 상대할 필요가 없이, 도시 부근에서 열리는 웜홀의 마물들만 처리하면 된다는 것이 지금의 상황을 이끌어냈습니다."

처음에 우려했던 상황은 몬스터가 계속 이동하면서 사람들을 학살하는 상황이었다. 둠스데이 이전 웜홀을 통해서 나타난 마물들은 한자리에 있기보다 이리저리 돌아다니려 하였기에 당연히 할 수 있는 우려였다.

사실 벤자민은 모르고 있었지만 지금껏 마물들이 한자리에 있지 않으려 한 것은, 마나 충돌로 인한 고통 때문이었다.

너무 고통스러워서 한자리에 머물 생각조차 못 한 것이었는데, 이제 마나 충돌이 없어진 상황에서 마물들도 이 지구에 충분히 자리 잡을 생각을 할 수 있게 된 것이었다.

"정주라… 이동하는 마물들은 없던가?"

"물론 몇몇 종의 마물들은 자신이 거주지를 찾는 듯 한 모습을 보이면서 이동을 하기도 하고 그러다 도시를 공격하기도 하였지만, 그것은 전체 마물 수에 비하면 소수였기 때문에 충분히 방어할 만하였습니다."

벤자민의 말에 강민이 고개를 끄덕이며 말했다.

"흐음… 그렇군. 그래서 마물과 인간이 공존하는 듯한 모습이 보였군."

제니아가 보여준 지도에서 인간이 살아남은 지역과 마물이 나타난 지역이 완전히 분리된 것이 아니라, 그리 멀지 않은 거리에 인간과 마물들이 있었던 것이 이런 이유인 것이었다.

"공존… 까지는 아니지만. 일단은 적극적으로 이동하는 마물을 제외하고는 도시에서 먼 마물들은 놓아두고 있었습니다. 아니 몇몇 지역에서는 오히려 이제 폭발적인 웜홀이 나타나지 않으니, 살아남은 인간들과 능력자들이 연합하여 도시 인근의 마물들을 처리하여 땅을 확보하고 있는 실정입니다."

"하긴 그래야겠지. 아무래도 식량이나 공장 등을 지을 공간이 필요하니."

"그렇습니다. 지금까지는 마물이 나타나지 않는 바다를 통해서 식량문제를 해결하고 있었지만, 아무래도 내륙의 도시들은 그런 부분에 제한이 있고 결국은 경작을 할 토지가 필요한 것은 당연한 일이니까요."

8개월이 지난 지금은 폭주라 할 수 있는 웜홀의 출현은 끝이 났다 할 수 있었다. 물론 둠스데이 이전보다는 월등히 많은 수의 웜홀이 나타나고는 있었지만, 폭주라 할 정도는 아니었다.

거기에 대부분의 강한 마물들은 남반구에 몰렸고, 북반구에 있는 강한 마물들은 유니온과 이능력자 단체에서 적극적으로 퇴치하고 있었다.

즉, 결계 밖이 위험하긴 하였지만 어느 정도의 안정성이 확보되었다고 할 수 있었다. 그 말은 더 이상 결계도시에만 머무르고 있을 이유가 필요가 없는 것과도 일맥상통하는 의미였다.

더군다나 결계 도시 역시 8개월간 도시가 수용 가능한 인구 수의 몇 십배를 수용하느라 한계치에 다다른 상태였기에, 사람들을 외부로 보낼 수 있는 도시 외부 토지의 확보는 무엇보다도 중요한 일이었다.

"그럼 각 국가들은 어떻게 하고 있지?"

"사실 지금 국가라 말할 수 있는 곳은 이곳 한국 전역과 미국 동부, 중국 동부 해안 쪽과 유럽의 일부 정도입니다. 아. 유럽지역은 두 달 전 올림포스와 템플나이츠의 주도하여 삼일 전 긴급 총회를 통해서 EU로 완전히 통일된 국가연합을 구성하기로 결의한 상태입니다."

"호오. 그럼 유럽 또한 미국처럼 단일 국가가 되는 것인가?"

"네, 단일 국가라기 보다는 국가연합에 가깝지만 결과적으로 보면 그런 상태입니다. 연합을 통해서 유럽 내의 능력자들을 체계적으로 움직여 유럽전역의 마물을 몰아낼 계획을 잡고 있는 상황입니다."

지금은 국경이라는 것이 의미가 없는 상황이었다. 결계 도시를 벗어나면 어디서나 몬스터를 만날 수 있는 상황이 기 때문에, 국가가 국민에게 제공하여야 하는 최소한의 의 무인 치안도 제공하지 못하였기에 국가라는 것이 의미가 없었다.

　그래서 지금은 결계도시 하나하나가 도시국가나 마찬가 지인 상황이라 할 수 있었다.

　그나마 벤자민이 말한 곳 정도만이 국가라 할 수 있을 정도의 영향력과 치안력을 제공한다 할 수 있었다.

　"전역에서 몰아낸다라… 남은 마물들도 상당한 것이고 지금도 마물이 계속 생기고 있는데 가능할까?"

　"물론 전역에서는 희망사항일 것이고, 최소한의 안전을 보장할 수 있는 경작지의 확보가 일차목표이겠지요. 그래 도 몇 가지 희망적인 사항이 있습니다."

　"희망적인 사항?"

　"드디어 대화가 통하는 타차원의 존재가 나타났다는 것 입니다. 그리고 그들의 무력 또한 상당하기에 마물의 처리 에 큰 도움을 주고 있는 상황입니다."

　대화가 통하는 존재라는 말에 강민이 다소 의아하다는 표정으로 말했다.

　"대화가 통하는 존재?"

　"네, 인간과 흡사한 모습의 존재들인데 통역마법을 통해서 의사소통을 할 수 있었습니다. 일부 종족들은 텔레파시가 가능하여 통역마법도 필요 없는 종족들도 있었습니다."

"한 종족이 아니라는 것이군. 그런데 왜 여태껏 나타나지 않았던 것이지?"

지금껏 웜홀에서는 괴물이라 할 수 있는 마물만이 나타나고 있었다. 이성을 가지고 대화를 할 수 있는 존재는 얼마 전 제니아의 영상을 통해서 본 드래곤이 전부였다.

하지만 드래곤은 원래부터 많은 차원에서 발견되는 존재였기 때문에 지금 강민이 말하는 이성체에는 해당하지 않았다.

지금까지 수많은 웜홀의 출현에도 단 한번도 이성을 가진 종족이 나타나지 않았기에 강민은 지금 통합될 차원에는 문명을 이룬 종족이 없는 마물만이 가득한 세계라 생각하고 있었다. 실제로 그런 차원들도 많이 보았기에 어쩌면 그런 추측이 당연하였다.

그러나 인간과 흡사한 형태의 문명화 된 종족이, 그것도 하나도 아니라 다수가 있다는 사실에 왜 지금껏 그런 존재들이 나타나지 않는지 다소 의아하였다.

"그건 저도 잘…. 아. 한번 만나보시겠습니까? 유니온 유럽지부에서 스스로를 도그마 일족이라 부르는 종족과 접촉이 되어 있는 상태입니다. 현재는 그들은 그리스 지역에 자리잡고 있습니다."

"그래? 어떤 종족들인지 궁금하군. 좌표를 불러봐."

"네, 좌표는 654, 159, 357 입니다. 한 가지 특이한 것은 이 도그마 종족은 인간과 흡사하나 꼬리가 존재하고 마나를 사용하면 마치 개와 비슷한 얼굴이 된다는 점입니다."

벤자민의 말에 유리엘이 고개를 끄덕이며 말했다.

"견인족(犬人族)의 일종인가 보군요. 견인족이 있는 것을 보니 다른 수인족도 있을 것 같은데…."

"어떻게…. 네, 아직 유니온이 접촉하진 못했지만, 다른 결계도시에서 접촉한 타차원의 다른 종족들도 마나를 사용하면 지구의 들짐승과 비슷하게 변신하는 경우가 있었다고 하였습니다. 티그리안 일족은 호랑이와 같은 모습으로 변하고 캐치아 일족은 고양이처럼 변하더군요."

이번에는 강민이 벤자민의 말을 받아서 대답했다.

"호인족과 묘인족인가보군. 수인족은 오랜만이네."

"그러게요. 확실히 호인족이나 웅인족의 전사들은 상당한 무력을 지녔으니 마물을 처리하는데 큰 도움을 줬겠네요. 저도 왜 이들이 이제야 나타났는지 궁금하네요."

"그들을 만나보면 이유를 알 수 있겠지. 다른 보고 사항이 없으면 돌아가 보도록."

그렇게 벤자민을 보내려고 하는 강민에게 유리엘이 말을 건넸다.

"벤자민과 같이 가는게 어때요? 어차피 유니온에서 견인족과 이미 접촉했다고 하니, 벤자민과 함께 가면 불필요한 드잡이질 없이 바로 대화가 가능하지 않을까요?"

"흠. 그것도 좋은 생각이네. 어때 벤자민? 별 다른 일이 없으면 같이 가보지 그래?"

갑작스러운 강민의 제안이었지만 벤자민은 재빨리 대답하였다.

"크게 중요한 사항은 없습니다."

"좋아. 그럼 출발할까?"

출발이라는 말을 하며 강민은 유리엘을 보았고, 강민과 눈이 마주친 유리엘은 살짝 고개를 끄덕인 후 손가락을 튕겼다.

딱~!

6장. 만남

NEO MODERN FANTASY STORY & ADVENTURE

현세귀환록

現世歸還錄
NEO MODERN FANTASY STORY & ADVENTURE

6장. 만남

일행이 나타난 곳은 그리스의 수도 아테네였다. 그리스의 수도인 만큼 아테네는 결계도시에 들어갔는데, 지금 보이는 아테네의 모습은 황폐하지 그지없었다.

아테네의 아니 그리스의 대표 문화유산인 파르테논 신전은 이미 다 부서져서 돌무더기로 변하고 말았고, 오랜 세월을 이어온 다른 많은 아테네의 유적들도 대부분이 부서져서 무너진 상태였다.

드문드문 인적이 보이는 것으로 보아 아테네의 시민들이 완전히 사멸한 것은 아니었지만, 지금 도시에는 인간보다 마물이 더 많은 상태로 아테네는 도시의 기능을 할 수 있는 상황은 아니라 할 수 있었다.

그리고 그나마 인간들이 많이 모여있는 거주지의 인근에 마물과는 약간 다른 마나의 흔적이 느껴졌다. 아마 유니온이 접촉했다는 견인족이 이들인 것 같았다.

"엇. 이곳이라 들었는데…."

벤자민은 자신이 말한 좌표로 공간이동을 하였는데 아무것도 없는 폐허가 나타나자 순간적으로 당황한 모습을 보였다.

하지만 이미 강민과 유리엘은 대략 이 곳에서 8킬로미터 정도 떨어져 있는 곳에 있는 견인족의 흔적들을 파악한 상태였기에 벤자민을 향해 자연스럽게 말을 하였다.

"최근에 옮긴 것 같군. 저 쪽에서 그들의 흔적이 느껴지니 그리로 가보지."

강민의 말을 마치기가 무섭게 유리엘은 다시 손가락을 튕겼고, 이번에 나타난 곳은 수백명의 사람들이 모여 있는 곳이었다.

느껴지는 기운이 인간과 다른 것이 벤자민이 말한 견인족인 것 같았다.

무너진 건물의 파편 등을 5미터 정도 높이로 높게 쌓아 울타리를 친 이곳은 하나의 마을이라고 해도 좋을 모습을 보이고 있었다.

그 마을의 입구에는 경비를 서는 것과 같은 모습의 노란

머리와 갈색머리의 남자가 있었는데, 둘 다 흰 셔츠에 청
바지를 입고 있는 모습이 외견상으로 보아서는 지구인과
다를 바가 하나도 없었다.

그 둘은 갑자기 강민 일행이 나타난 것을 확인하고는 날
카로운 목소리로 외쳤다.

"누구냐!"

강민과 유리엘, 벤자민까지 모두 통역마법을 시전중인
상태였기에 견인족이 하는 말을 알아듣는 것에는 지장이
없었다.

일단 견인족과 이미 접촉을 했다는 벤자민이 앞으로 나
서서 이야기를 하였다.

"나는 유니온의 수장 벤자민이라 하오. 이곳에 있는 도
그마 일족의 족장님을 뵙고 싶어서 이렇게 온 것이오."

견인족의 경비병들은 유니온에 대한 이야기를 들었는
지, 반색하며 말했다.

"아. 그렇군요. 일단 족장님께 말씀을 드리겠습니다. 잠
시만 기다리시지요."

두 명의 경비병 중 갈색머리 경비병은 고개를 돌려 특이
한 파장의 소리를 내었고, 얼마 지나지 않아서 두 명의 청
년이 입구를 향해서 뛰어왔다.

이 청년들 역시 지구인의 옷을 입고 있었는데, 그들을
옷차림을 보던 벤자민이 강민에게 슬쩍 속삭였다.

"처음에 이들을 목격한 사람들의 말에 따르면 다소 조악한 천이나 무두질한 가죽으로 된 옷을 입고 있었다고 합니다. 그런데 이들도 이곳에 머무른 지 몇 달이 지나면서 아마 이 곳에 적응했나 봅니다."

새로운 두 청년은 일행들에게 살짝 고개를 숙인 후 앞장서서 일행들을 안내하였다. 이들의 마을은 그리 크지 않아 중심이라 할 수 있는 족장의 거처까지 오분도 채 걸리지 않았다.

다른 곳들은 원래 있던 건물들을 그대로 이용한 것처럼 보였는데, 족장의 거처는 가로세로 30미터짜리 피라미드 모양으로 된 집으로 이들이 새로 지은 것처럼 보였다.

물론 제대로 된 자재가 없었고 이들이 현대적인 건축지식이 있어 보이지는 않았기에 조악한 모양의 건물이었으나, 확실히 주변의 건물과는 다른 모양이었다.

안내원들이 건물 앞에 서있는 경비들에게 말을 건넸고, 경비는 다시 안의 허락을 받아 일행의 입장을 허가 받았다.

조악한 외형과는 다르게 건물 안의 모습은 현대적인 모습과 크게 다르지 않았다. 창이 없는 구조라 당연히 어두울 줄 알았는데, 안에는 기이한 빛을 발하는 돌 조각들이 조명처럼 방을 밝히고 있어 오히려 신비로운 분위기까지 내었다.

십여미터 정도 되는 복도를 따라 들어가자 70대 정도는 되어 보이는 한 노인이 경호원으로 보이는 네 명의 청년들에게 둘러싸여서 일행을 맞이하였다.

노인은 다른 청년들과는 달리 황색천으로 된 로브와 비슷한 옷을 입고 있었다. 그들의 전통 복식인 것 같았다.

"어서 오시지요. 저는 이 부족의 족장 하크마라고 합니다."

하크마는 갑작스러운 일행의 방문에도 친절해 보이는 미소를 머금고 일행에게 인사를 건넸다.

"저는 유니온의 수장 벤자민이라 합니다. 이쪽은…."

벤자민이 강민과 유리엘을 소개하려하는데 강민이 손을 들어 벤자민의 말을 막고, 그 스스로 입을 열었다.

"반갑습니다. 강민이라 합니다."

앞으로 나서 인사를 하는 강민을 바라보던 하크마 족장은 무언가 의아한 듯 고개를 살짝 움직였다.

그리고 강민에게 시선을 떼지 않고 한참동안 그를 바라보았다. 좌중에는 침묵이 흘렀지만 누구도 그 침묵을 깨지 않았다.

얼마의 시간이 지났을까 하크마 족장은 경악한 표정을 짓더니, 갑자기 자리에서 벌떡 일어나 바닥에 오체투지를 하며 크게 외쳤다.

"시….신을 배알합니다!"

하크마 족장의 뜻밖의 행동에 주변에 있던 경호원이 깜짝 놀랐는데, 족장의 말을 듣자마자 그들 역시 같은 모습으로 바닥에 몸을 붙이며 족장과 같은 말을 하였다.

그들의 모습에 유리엘이 신기하다는 듯 그들을 본 후 강민에게 말을 건넸다.

"혹시 민이 저들에게 기운을 보인 거에요?"

"아니. 그랜드마스터 정도의 기운밖에 보이지 않았는데, 저자가 뭔가 본 것 같아. 능력은 마스터 정도 급밖에는 되지 않아 보이는데 특이한 능력을 가진 것 같군."

둘의 이야기에도 하크마 족장은 처분을 기다린다는 모습으로 바닥에 몸을 붙이고 고개를 들지 않았다.

그런 하크마 족장의 모습에 강민이 입을 열었다.

"일단 고개를 들고 이야기를 하지."

신을 언급했다는 것 자체가 강민 실력의 일부나마 진체(眞體)를 보았다는 말일 것이기에 강민은 위엄을 숨기지 않고 하크마 족장에게 말을 건넸다.

강민의 말에 하크마 족장은 상체를 들어 자신이 앉아 있던 상석을 강민에게 권하였고 자신은 바닥에 무릎을 꿇었다.

"이곳에도 신성이 있다니 놀라울 따름입니다."

"대체 뭘 보고 그렇게 말하는 것이지?"

철저하게 능력을 감추려 한 것은 아니었지만, 그랜드마

스터급의 무인들도 강민의 진신능력의 일체를 보지 못했는데 마스터 급 정도밖에 안되어 보이는 하크마 족장이 자신의 능력을 보았다는 것에 강민은 의아하였다.

"저희 종족은 나이가 들면서 본질을 보는 눈이 일부나마 생깁니다. 과거 먼발치에서 신성을 모시는 분을 뵈었었는데 지금 강민님의 내면에서 느껴지는 모습은 그 때 그 기운을 떠올리게 하였습니다."

"흠. 그렇군. 뭐 어쨌든 이리되면 이야기가 쉽게 풀리겠군."

자신을 신성시하며 대한다는 것은 그의 어떤 질문에도 쉽게 대답할 것이라는 판단을 한 강민은, 하크마 족장에게 궁금했던 질문을 던졌다.

"일단 네가 건너 온 차원의 이야기를 좀 해봐. 왜 지금까지 이성체가 이곳에 나타나지 않았던 것이지? 네 모습을 보니 인간종족도 다수 있을 것이 분명한데 말이야."

일반적으로 수인족은 인간의 유전자와 동물의 유전자의 결합에 의해 생기는 경우가 많았다.

다만 그 결합이라는 것이 마나문명이 극도로 발전한 세상에서 인간들이 행하는 것인지, 초월적인 존재가 자신의 마나를 투영해서 행하는 것인지의 차이는 있으나 그 본질은 같다 할 수 있었다.

그리고 하크마 그 자신은 모르겠지만 그의 마나 상태로

보아 지금 결합하는 차원에서는 후자 방법으로 수인족이 만들어졌을 것이라고 강민은 판단하였다.

어쨌든 두 가지 방법 모두 인간이라는 베이스 유전자가 필요하였기 때문에 인간족이 있을 것이라는 추측은 당연하였다.

"일단 저희가 온 대륙은 미케아 대륙이라고 합니다. 그곳에서는…."

하크마는 강민의 지시에 따라서 미케아 차원의 개괄적인 부분부터 하나씩 설명하기 시작하였다.

보통 강민과 유리엘은 차원을 구분할 때 해당차원의 주요 대륙 이름으로 지칭하였기에 이제야 통합될 차원의 이름이 미케아라는 것을 알 수 있었다. 그리고 미케아는 아직 둘이 방문 했던 적이 없었던 차원이었다.

이어지는 하크마의 말에 따르면 미케아 차원은 중세 지구의 모습과 크게 다르지 않았다. 왕이 있고 봉건제가 있는 그런 중세의 모습이라 할 수 있었다. 다만, 지구와 다른 점은 몬스터가 있다는 부분이었다.

지금이야 지구에도 몬스터가 만연하였지만, 그 전까지 지구의 몬스터는 간혹 웜홀을 통해서 넘어오는 놈들을 제외한다면 상주하는 마물은 없다 할 수 있었다.

하지만 미케아 차원에는 다수의 몬스터들이 있었고, 특히 몬스터만이 살고 있는 미토스 산맥 너머를 마경(魔境)

이라 부르면서 경원시 하고 있었다.

하크마 족장이 이끄는 견인족은 바로 이 미토스 산맥에 살고 있었는데, 그는 마경을 보다가 한 가지 특이한 점을 발견할 수 있었다고 하였다.

마경에는 엄청난 수의 몬스터가 있었는데 상대적으로 능력이 약한 몬스터들은 간혹 미토스 산맥을 넘어서 인간들이 있는 곳으로 공격하는 경우가 있었지만, 강한 능력을 가진 몬스터들은 무슨 이유인지 이 미토스 산맥을 넘지 못하였다.

사실 애초에 대부족과의 세력싸움에서 밀린 하크마 족장이 위험천만하다고 알려진 마경의 경계인 미토스 산맥에 자리를 잡은 것도 이런 특성을 이용한 것이었다.

많은 사람들은 몰랐지만, 일정 실력이 있다면 미토스 산맥은 생각보다 위험한 곳이 아니었다.

물론 완전히 넘어오지 못하는 것은 아니었다. 십년 정도마다 한 번씩 발생하는, 피처럼 붉은 달이 뜨는 적월(赤月)의 밤이 되면 강한 몬스터들도 산맥을 넘을 수 있었고, 그때마다 인간세상에서는 큰 난리가 났다.

하크마 족장 역시 이를 알고 있었지만, 적월의 밤은 불과 작년에 지나갔기에 최소 오년이상의 시간은 있으리라는 생각에 미토스 산맥에 자리 잡게 되었다.

그렇게 하크마 족이 이 미토스 산맥에 정착하여 살아가

던 중 하크마 족장은 3년 전부터 마경에서 웜홀의 발생 빈도가 급격히 올라간다고 생각이 들었다.

웜홀이라는 현상은 미케아 대륙에서 그리 흔한 현상이 아니었다. 특히, 간혹 새로운 생물이 웜홀을 통해서 나타날 때는 있지만, 웜홀을 통해서 사람이 사라지는 경우는 아직 알려진 바가 없었다.

즉, 들어오는 웜홀에 대해서는 알려져 있었지만, 나가는 웜홀에 대해서는 알려지지 않았다. 그래서 대부분의 사람들은 웜홀은 대륙으로 들어오기만 하는 차원의 구멍 정도로 알고 있었다.

하지만 미토스 산맥에 사는 하크마는 그것이 사실이 아님을 잘 알고 있었다. 왜냐하면 미토스 산맥을 기준으로 마경 쪽에서는 나가는 웜홀이 종종 발견되었기 때문이었다.

심지어 하크마는 자신의 가시거리에서 몬스터가 웜홀을 통해서 사라지는 것을 실제 목격한 것도 있었다.

분명 무엇인가가 미토스 산맥의 북쪽에만 나가는 웜홀이 열리도록 조절하고 있는 것이 분명하다는 생각이 들었다. 그러나 이것은 추측일 뿐 그 주장을 뒷받침만할 근거는 전혀 없었다.

어쨌든 웜홀 역시 몇몇 강한 몬스터들처럼 미토스 산맥을 넘지 못하였기에 하크마 족장은 웜홀에 대해서도 그리

신경 쓰지 않았다.

오히려 웜홀의 발생빈도가 높아지면서 종종 산맥을 넘어오는 몬스터들이 줄어들자 웜홀을 환영하기까지 하였다.

그러던 어느 날 그날이 왔다. 지구에게는 둠스데이라 명명된 그날 미토스 산맥 너머의 웜홀이 미친 듯이 열리기 시작했다.

그리고 웜홀의 크기 역시 평소보다 월등히 컸기에 수많은 몬스터들이 웜홀을 통해서 사라졌다.

하크마 족장은 처음엔 몬스터들이 사라져서 좋아하고 있었는데, 어느 순간 자신의 부족 인근에 대형 웜홀이 생겼다.

분명 몬스터나 웜홀이 출현하는 한계선 밖에 마을을 건설했는데, 이 대형 웜홀은 발현지는 한계선의 안이었지만 빨아들이는 범위는 한계선를 넘어섰다.

결국 하크마 족장을 포함한 부족원 대부분이 이 웜홀에 휘말려 지구로 넘어오게 된 것이었다.

"그런 것이었군."

하크마 족장의 이야기에 따르면 그 역시 왜 미토스 산맥 너머에만 웜홀이 생기는지는 모르고 있었다. 하지만 그의 이야기로 충분히 짐작 가는 바는 있었다.

유리엘 역시 강민과 같은 생각을 했는지 강민을 보며 심어를 보냈다.

[결계로군요. 그런데 대륙 전체의 웜홀을 통제할 정도의 결계라면 10서클 아니 11서클도 넘겠네요.]

[그 정도 결계라면 보통의 초월자라기보다는 그 차원의 신(神) 중의 한 명일 가능성이 높겠지.]

[그렇겠지요. 그런데 신이라면 조금 애매한데요? 아예 차단하는 것이 아니라 중간 중간 뚫린다니….]

유리엘 역시 방식은 다르지만 비슷한 류의 결계를 펼친 상황에서 중간 중간 결계가 뚫린다는 것이 잘 이해가 가지 않았다.

[10년 정도마다 한 번씩이라면 결계의 유지보수 때문에 그런 것이 아닐까?]

[호호호. 민, 제가 펼친 결계를 유지보수 하는 것 봤어요?]

유리엘의 말에 강민이 생각해보니 수 만년 간 함께하였지만 그녀가 결계에 다른 용도를 추가하기 위해서 손보는 것은 있었어도, 같은 용도의 결계를 유지보수 한 적은 없었다.

이번 웜홀차단 결계를 손보는 것도 차원통합이라는 특수한 경우에 결계의 차단 좌표 값을 재설정하는 문제였지 정기적인 유지보수를 한 것은 아니었다.

[음… 그런 적은 없었지.]

[그렇죠. 필멸자들이라면 몰라도 아닌 불멸을 획득한 신급 존재라면 그렇게 허술하게 결계를 펼치지 않았을 거에

요. 그렇지만 결계의 규모를 들어보니 필멸자들이 펼칠 결계의 규모가 아니구요. 그러니까….]

유리엘의 말에 강민이 뭔가 떠올랐는지 그녀의 말을 끊고 강민이 대신 말을 이었다.

[대적자가 있다는 것이군.]

[그렇죠. 하크마가 말한 미토스 산맥을 기준으로 인간들의 편에 선 신이나 신들이 그걸 반대하는 신들을 결계 밖으로 몰아낸 것 같네요. 결계 밖에 있는 신들은 10년마다 한 번씩 그것을 뚫기 위해서 노력하는 것 같구요. 디스트로 차원에서 그런 것처럼요. 10년마다 라면 밀려난 신들도 완전히 힘을 잃은 것 같지는 않네요.]

이런 현상을 처음 보는 것이라면 몰라도, 비슷한 상황을 수차례 목격하고 개입한 적이 있었던 강민과 유리엘은 몇 가지 정보만으로도 충분히 미케아 차원의 상황을 추론을 할 수 있었다.

[그런 것인가. 신들이 그렇게 활동한다는 말은 미케아 차원은 아직 마나장이 성숙한 곳이 아니라는 말이겠군.]

[그렇지요. 마나장이 성숙했다면 물질계와 영계 사이의 경계가 명확하여 신들이 직접적으로 물질계에서 활동하기 힘들었을 테니 말이에요.]

여기까지 이야기를 나눈 강민은 추가적인 정보를 더 얻기 위하여 하크마에 다시금 질문을 던졌다.

"미케아 대륙의 신들에 대해서 이야기 해봐."

신들에 대한 이야기를 하라는 강민의 지시에 하크마는 약간 당황한 표정으로 그에게 반문하였다.

"미케아 대륙에는 수많은 신들이 있는데 그 모두를 말씀하시는 건지요?"

"하급신은 필요 없고, 주신이라 불리는 주요 신과 그에 대항하는 악신이 있으면 설명해봐. 음, 차라리 창세 신화에 대해서 이야기 하는 것이 낫겠군."

"아. 창세신화 말씀이시군요. 저희 미케아 대륙의 창세는 빛의 신 아르포스와 어둠의 신 바르자크에서부터 시작하였습니다."

하크마는 한참 동안 미케아 대륙의 창세신화에 대해서 설명하였다. 신화라서 그런지 비유적인 부분도 많고 과장된 부분도 많았다.

하지만 고대로부터 구전되는 신화는 그 나름의 근거가 있는 경우가 많았다. 몇 천년, 몇 만년 뒤의 인간이 듣기에는 허황되어 보이는 일들도 신화시대에는 당연하게 벌어지는 일들이 많았기에 신화를 듣는 것만으로 당시 신들의 상황에 대해서 어느 정도 이해할 수 있었다.

더군다나 마나장이 성숙하지 않았다는 말은 신화시대에서 그리 오래 지나지 않았다는 말이니 다른 차원에 비해서 신화에서 더 많은 정보를 얻을 수 있었다.

역시 이번에도 하크마가 말하는 신화를 통해 그들의 상황을 대략적이나마 짐작할 수 있었다.

하크마의 말을 간단하게 줄여보면, 혼돈으로 가득 차 있던 미케아 대륙에는 빛과 어둠이 발현하였고 오랜 시간 끝에 그 둘은 의지를 얻게 되었다.

그렇게 빛의 의지는 빛의 신 아르포스가 되고, 어둠의 의지는 어둠의 신 바르자크가 되었다.

이후 아르포스와 바르자크는 함께, 또 따로 여러 상급신, 중급신, 하급신들을 만들어 냈고, 그 신들은 또 자신들의 피조물을 만들어갔다.

그러던 어느 날 아르포스와 바르자크가 의견차이로 대립을 하였고, 그들을 따르던 신들 역시 둘을 따라서 갈라져 대립하기 시작했다. 당연히 그 신들이 만들어 낸 피조물들 역시 그들을 따라서 대립하였다.

그 대립은 점점 격화되어 어느 순간 서로가 서로를 해치게 되었고, 훗날 신들의 전쟁이라 알려진 창세 전쟁이 발발하였다.

수백년 간의 창세 전쟁으로 대륙은 피폐해지고 엄청난 수의 피조물이 죽고, 수많은 신들도 신성을 잃고 마나의 품으로 돌아갔다.

하지만 결국은 아르포스가 이끄는 빛의 진영이 이겼고, 바르자크가 이끌던 어둠의 진영은 미토스 산맥 너머 마경이라 불리우는 곳에 봉인되었다는 것이 신화의 골자였다.

[평범하네요.]

[그래, 어디에나 있는 평범한 신화군. 문제는 지금 상황과 신화를 들어보니 바르자크라 불린 어둠의 신이 완전히 봉인된 것 같지는 않다는 것이지.]

[그러게요. 주기적으로 봉인을 약화시킬 정도로 힘이 남아 있다면 어쩌면 봉인이 풀릴 가능성마저 있겠네요.]

[만일 그 바르자크라는 녀석이 물질계에 아직 실체를 가지고 있는 존재라면, 잘못하면 이곳으로 넘어올 가능성도 있겠군.]

보통 마나장이 강화되어 영계와 물질계 사이의 경계가 명확해지면 신은 물질계로 현신(現身)하여 개입하기 보다는 계시(啓示)나 화신(化神)을 통해서 간접 개입하는 방식을 취하는 경우가 많았다.

하지만 아직 마나장이 성숙하지 않아 보이는 미케아 차원에서는 아직 신이 물질계에 그 신체(神體)를 가지고 있을 가능성도 있었다.

만약 신화 상으로 언급되는 봉인이 사실이라면 신체를 가지고 있을 확률은 더 높았다. 그리고 이 경우에는 강민의 말처럼 잘못하면 웜홀을 통해서 신체와 함께 넘어올 확률도 있었다.

[설마 그러기야 하겠어요? 신화로 남은 것을 보니 최소

만년은 넘은 일일 것 같은데 말이에요.]

　[알 수 없지. 특히 이번 마나장 통합과 웜홀의 폭주 같은 사건은 차원 전체를 흔드는 일이고 아무리 주신급이 펼친 봉인이라도 이 정도 사안에는 충분히 깨어질 여지가 있지.]

　[음… 하긴 그것도 그렇네요. 그럼 대비를 해두어야 할까요?]

　[본격적인 대비까지는 아니겠지만, 혹시 모르니 만일의 사태는 생각해봐야 할 것 같아.]

　신(神), 그것도 주신(主神)급의 신이라면 아무리 강민이라 하여도 쉽게 볼 수는 없는 상대였다.

　주신도 차원마다 힘의 크기와 권능의 정도가 다 다르기 때문에 미케아 차원의 주신이 어느 정도 수준일지는 알 수 없으나, 최소로 잡는다 하더라도 한 차원의 주신이라면 만만한 상대는 아니었다.

　물론 지금까지 강민이 소멸시킨 주신만 하더라도 수십 개체가 넘고, 하급신은 수백 개체가 넘기 때문에 주신급인 바르자크와 싸운다 하더라도 두려울 것은 없었다.

　하지만 문제는 지구였다. 지구를 파멸시킬 것이 아니라면 마음 놓고 싸울 수 있는 상황이 아니라는 것이었다.

신들의 싸움은 물리적으로도 대륙을 파괴하는 재앙을 불러일으킬 수 있지만, 마나의 차원에서도 자칫 잘못하면 마나축이나 마나장에 큰 손실을 입힐 수 있는 여파를 줄 수도 있었다.

즉, 신들의 싸움은 자칫 잘못하면 세상의 파멸을 일으킬 정도로 거센 후폭풍을 일으킨다는 것이었다.

특히, 현재 마나장 통합에 따르는 엄청난 마나흐름을 감당하여 약해져 있는 지구의 마나축이라면, 그 후폭풍을 버티지 못하고 부러져 버릴 가능성마저도 있었다.

[하긴, 기껏 다 지켜놓고 그 녀석과의 싸움에 지구의 마나축이 부러진다면 그것만큼 낭패인 경우도 없겠죠.]

[그렇지. 그런 면에서 일단 다각도에서 방비할 필요가 있을 거야.]

유리엘과의 심어를 통해서 생각을 정리한 강민은 아직도 바닥에 엎드리고 있는 하크마 족장에서 말했다.

"수고했어. 대략 어떤 상황인지 잘 알겠군. 어쨌든 내가 원하는 정보를 들었으니, 그 대가로 네가 원하는 것을 하나 정도는 들어주고 싶군."

하크마 족장에게서 얻은 정보가 미케아 차원의 상황을 아는데 상당한 도움을 주었기에 강민은 그의 지구 이주에 약간이나마 도움을 주고 싶었다.

금전 등의 물질적인 도움은 당연히 가능할 것이고, 인간들과의 관계 등의 정치적인 도움 역시 어차피 벤자민이 있기에 어려울 것은 없었다.

"아. 가….감사합니다."

"감사는 들어준 다음 하면 될 것이고 무슨 도움이 필요하지?"

"몬스터 한 마리만 처리하여 주시면 감사하겠습니다."

"몬스터? 마물 말인가?"

강민은 정착하는데 도움을 주려고 하였는데, 뜻밖에 마물을 처리해달라는 하크마 족장의 말에 의외라는 표정으로 반문하였다.

"네, 그렇습니다."

"음… 지금 인근에 마물의 기척이 느껴지는 것이 없는데 어떤 마물을 말하는 것이지?"

강민의 감지범위는 평소에도 수 킬로, 별다른 기술을 사용하지 않더라도 정신만 집중해도 십수 킬로미터 정도는 족히 감지할 수 있었는데, 지금 그의 감지범위 안에 마물은 없었다.

"지금은 없을 것입니다. 하지만 새벽이 되면 수백구의 시체들과 함께 나타나는 몬스터입니다. 미케아 대륙에서는 칼리 칸이라 불리는 몬스터로…."

한참 그의 설명을 듣던 유리엘은 강민을 돌아보며 말했다.

"데스나이트네요?"

"그러게. 언데드도 있긴 있군."

지금 하크마 족장이 말하는 마물은 보통 죽음의 기사라 불리는 데스나이트와 비슷하였다. 증오에 찬 마스터급 이상의 기사의 영혼이 타락하여 언데드가 된 데스나이트는 주변 시체들을 자신의 부하로 삼는다고 알려져 있었다.

하크마 족장이 이곳에 자리를 잡은 뒤 웬만한 마물들은 자체적으로 방어하면서 정착해나가고 있었는데, 이 칼리 칸과 시체들에게 벌써 십수명의 수하가 죽은 상태였다.

벤자민이 파악했던 저번의 정착지에서 이 위치로 옮긴 것도 다 이 칼리 칸 때문이었다.

또한 마을 주위에 있던 방벽도 칼리 칸이 이끄는 시체를 막기 위한 것으로, 여기까지 이야기를 들으니 강민은 왜 경비병들이 그리 날카로운 눈을 하고 있었는지 이해가 갔다.

어쨌든 부탁을 들어주겠다고 말한 이상, 강민은 그 부탁이 새벽까지 기다려야 하는 것이라도 들어줄 생각이었다.

하크마 족장이 전해준 정보는 충분히 그 정도 가치가 있었다.

그렇게 애초의 목적을 다한 벤자민은 유니온으로 돌려보낸 뒤 강민과 유리엘은 하크마 족장에게서 미케아 차원의 이런 저런 이야기를 들으며 추가적인 정보를 획득하며 시간을 보내었다.

시간이 흘러 이미 해가 지고 달이 높이 떴을 무렵, 강민의 기감에 한 마물의 기감이 느껴졌다.

아직은 십여킬로미터 떨어져 있었지만, 빠른 속도로 접근하는 마물은 얼마 지나지 않아 하크마 족장의 마을에 도착할 것 같았다.

"왔군."

"네?"

"네가 기다리던 마물이 왔다는 말이다. 칼리 칸이라 했던가?"

하크마는 당연히 십킬로미터가 넘는 곳에 있는 마물의 기척을 느낄 수 없었다. 하지만 신의 힘을 가진 강민이 거짓을 말할 리 없기에 주위 경비병에게 전투준비 신호를 하려 하였다. 그러나 강민은 하크마의 신호를 막았다.

의아한 눈으로 바라보는 하크마에게 강민이 말했다.

"내게 부탁하지 않았나? 그냥 보기나 해."

"아… 네, 강민님."

그렇게 강민과 유리엘, 하크마는 소수의 견인족들과 함께 마을의 경계로 천천히 걸어 나갔다.

7장. 신성

NEO MODERN FANTASY STORY & ADVENTURE

현세귀환록

7장. 신성

　　마을의 경계에 서자 저 멀리서 피어오르는 먼지구름과 함께 수백의 시체들이 검은 갑옷을 입은 칼리 칸, 즉 데스나이트와 달려오는 것이 보였다.

　　보통 좀비 등의 언데드는 느리게 움직인다는 상식이 널리 알려져 있었는데, 사실 좀비나, 구울 등의 언데드는 인간들의 생각처럼 그렇게 느리지 않았다.

　　움직일 필요가 없을 때에는 당연히 느릿느릿 움직이지만, 인간의 생기를 느끼고 달려들 때에는 살아있는 인간보다도 빠른 속도를 보여주었다.

　　더군다나 지금 데스나이트와 함께 움직이는 시체들은 데스나이트에 영향을 받는지 일반적인 언데드들보다도 더 빠른 움직임으로 견인족의 마을에 달려오고 있었다.

"저 놈들입니다! 왔군요. 역시 시체가 늘어났습니다."

하크마 족장의 말에 따르면 데스나이트를 따르던 시체
는 이백여구 정도로 하였다. 그리고 어제의 공방으로 백여
구 정도의 시체를 처리했다고 하였는데, 지금은 언 듯 보
아도 300여구 이상의 언데드가 데스나이트를 따르고 있었
다.

멀리서 보이는 데스나이트의 흉흉한 안광을 보던 하크
마 족장은 안도의 한숨을 내쉬면서 말을 이었다.

"만일 강민님께서 와주시지 않았다면 오늘 저희 부족은
꼼짝없이 당하고 말았겠군요. 우리 종족의 수호전사 세드
릭마저 없는 상태에서 도저히 저 놈들을 상대할 수는 없었
을 것입니다."

어제의 치열한 전투 끝에 마을의 수호전사인 세드릭이
데스나이트의 손에 목숨을 잃었다.

수인족의 공통점 중의 하나가 자신들의 마을을 지키는
수호전사가 있다는 것이었다. 수호전사는 족장인 경우도
있었지만, 수련만 하기 위해서 족장은 다른 이에게 맡기고
스스로는 수련만 하는 경우가 더 많았다.

하크마 족장이 이끄는 마을의 수호전사는 세드릭이라는
자였는데, 그랜드마스터 급의 경지에 있었던 세드릭은 충
분히 데스나이트를 일대일로 상대할 수 있는 강자였다.

하지만 한 달 동안 데스나이트의 목을 잘라냈지만 데스나이트는 매번 다시 살아 돌아와 하크마 족장의 마을을 공격하였다.

문제는 단순히 살아 돌아오는 것이 아니라 살아 돌아올 때마다 데스나이트가 조금씩 강해진다는 것이었다. 처음의 데스나이트는 마스터 급 정도만 되어도 상대할 수준의 몬스터였으나, 다시 돌아올 때마다 데스나이트의 무위는 급격히 올라갔다.

결국 데스나이트는 저번 주부터 강기를 뿜어내며 자신이 그랜드마스터 급에 도달하였음을 보여주었다. 다만, 세드릭이 그랜드마스터에 들어간 지는 십수년이 지났기에 데스나이트가 그랜드마스터에 들어갔다 하더라도 그리 어렵지 않게 처치하였다.

그러나 데스나이트의 성장은 그랜드마스터에서도 멈추지 않았고, 결국 어제 세드릭과 동귀어진을 하며 데스나이트는 세드릭에게 죽음을 선물하였다.

달려오는 데스나이트를 보던 유리엘이 강민에게 말을 건넸다.

"강기로 죽여도 살아나는 데스나이트라 신기하다 생각했는데, 역시 그랬네요."

"그래, 이름이 달라서 혹시 데스나이트와 다른 류의 마물인가 했더니 그게 아니었군."

"다만, 신성(神性)이 깨어나고 있는 중인지 아직 미약한 것 같네요."

"어쨌든 이렇게 한 놈이 보인다는 것은 다른 녀석들도 있을 수 있다는 것이겠지."

지금 강민과 유리엘이 보는 것은 데스나이트의 겉모습이 아니었다. 그 내면에 있는 본질을 보고 있는 것이었다.

그리고 지금 보고 있는 데스나이트는 껍데기는 데스나이트이지만 그 본질은 데스나이트라 할 수가 없었다. 미약한 신성이 그 안에 자리하고 있었기 때문이었다.

바로 이 신성이 데스나이트를 죽여도 죽여도 다시 살아나게 하고 있었다.

"저런 맹목적인 모습을 보이는 것을 보니 아직 이지(理智)를 찾지는 못했나보네요."

"그래도 빠른 속도로 힘을 찾는 것을 봐서는 얼마 지나지 않아 껍질을 깨고 나올 수 있을 것 같은데…."

"어쩔 거에요?"

유리엘이 묻는 말은 저 데스나이트, 아니 신성의 처리 문제였다. 아무리 약하고 아직 깨어나지는 못했지만 그래도 신은 신이었다. 단순히 마물을 죽이듯이 해치울 수는 없다는 이야기였다.

"대화가 통할 상대도 아니고, 오랜 봉인 속에 있다 풀려났다면 이성을 상실했을 가능성도 있으니 그냥 처리하는

244 現世 8
     歸還錄

것이 나을 것 같아."

"하긴 하급신이지만 자칫 잘못하다 마나축에라도 붙어버리면 상대하기가 까다롭기도 할 거니 지금 처리해버리는 것이 나을 수도 있겠네요."

유리엘이 마나축을 언급하자 강민이 생각났다는 듯 그녀에게 말했다.

"아. 그런데 마나축에 결계는 아직 펼쳐져 있는 거지?"

이렇게 신성이 하나 나타났다는 것은 다른 신성들이 출현할 가능성도 있다는 의미였다.

그리고 앞서 말한 것처럼 미케아 차원의 신성 중의 하나가 마나축을 장악한다면 상대하기 힘들어 질 수도 있었다.

강민이 묻는 것은 만일 미케아 차원의 신이 마나축에 접근한다면 그것을 알 수 있는지를 물어보는 것이었다.

"네, 기본적인 결계는 펼쳐놨어요. 하지만 기본 결계이다 보니 모르고 접근하는 초월자들을 막을 수 있을 정도이지 권능을 가진 신을 막을 수 있을 정도는 아니에요."

유리엘이 현재 마나축에 펼친 결계는 인간으로서는 뚫을 수 없을 것이지만, 신들이 뚫지 못할 정도는 아니었다.

"혹시 결계가 파훼되거나 뚫으려는 시도가 있지는 않았어?"

유리엘이 펼친 결계는 그것이 파훼되거나 공격이 들어오는 경우 그녀가 즉각 알 수 있도록 설계되어 있었다. 그래서 유리엘은 강민의 물음에 지체 없이 대답할 수 있었다.

"아직까지는 결계는 멀쩡해요. 그리고 파훼하고자 하는 시도는 없었구요. 하지만 저렇게 신성이 나타난 것으로 봐선 어서 결계를 강화해야겠네요. 최소 우리가 도착할 때까지는 버틸 수 있는 결계를 펼쳐야지 제대로 된 대응이 가능하겠지요."

"그래, 이 녀석만 처리하고 바로 그 일부터 하자."

강민과 유리엘이 대화를 나누는 동안 데스나이트와 그 수하들은 하크마의 마을 인근까지 도착하였고, 그들은 대열을 정비하려는 생각도 없이 달려오는 기세 그대로 마을을 덮치려는 듯해 보였다.

하지만 그들의 그 뜻을 이룰 수 없었다. 전면으로 손을 뻗은 유리엘이 하나의 시동어를 외쳤기 때문이었다.

"하시리스 투로난!"

화르르륵~!

유리엘의 시동어와 함께 그녀의 전면에는 두께 1미터, 높이는 5미터가 넘는 불의 벽이 무려 오백미터가 넘는 길이로 나타났다.

그렇게 등장한 불의 벽은 등장하자마자 무서운 기세로

전면으로 치닫기 시작했는데 달려오는 데스나이트와 시체들을 쓸어버리고도 한참을 더 나아가며 도시의 폐건물과 쓰레기로 가득 찬 도로들을 화염으로 정화시켰다.

"커헉…."

불의 벽이 휩쓸고 지나간 자리에 남은 것은 검은 갑주를 걸친 데스나이트 하나였다. 나머지 시체들은 뼈마저 화염에 정화되어 가루로 변해버렸기 때문에 같이 있었다는 흔적조차 남지 않았다.

화염을 견디느라 바닥에 검을 대고 무릎을 꿇고 있던 데스나이트는 잠시간의 시간이 지나자 어느 정도 힘을 되찾았는지 다시 일어나 허리를 펼쳤다.

"광역 마법으로는 완전히 처리하기 힘든 가 봐요."

"아무래도 신성이 깨어나고 있으니 회복도 빠르겠지. 단순한 데스나이트였다면 조금 전 그 공격에 정화되어 버리고 말았을 걸?"

"그렇겠지요? 내가 마무리 할까요?"

절그럭~ 절그럭~

데스나이트가 천천히 걸어오는 모습을 보며 유리엘이 말했다. 데스나이트는 아직 완전히 이지가 깨어나지 않았는지 조금 전의 마법에도 상대의 실력을 알아차리지 못하고 단순히 생명체를 말살하고자 하는 맹목적인 본능만을 따르고 있었다.

"방금 유리가 힘을 썼는데, 이번엔 내가 하지."

말을 마친 강민은 오른손의 검지를 세워 데스나이트를 가리켰다. 강민의 손가락에 심연의 어둠을 닮은 듯한 검은 기운이 모여들었다.

아직 깨어나지 못했지만 신성을 가진 상대였기 때문에 완전히 처리하기 위해서는 본질을 가르는 검인 암검의 능력을 사용할 필요가 있었다.

물론 지금의 상태에서는 막대한 마나를 담은 광검만으로도 신성을 흐트러릴 수 있겠지만, 본질을 부수는 것이 가장 확실하게 신성을 처리하는 방법이었다.

쉭! 퍼억!

강민의 손가락에 모인 검은 기운은 어느새 레이저 광선처럼 쏘아져 나가 데스나이트의 명치를 뚫었다.

털썩~!

이미 저항의 능력을 거의 상실한 데스나이트는 피하거나 막으려하는 모습도 보이지 못한 채 암검의 능력이 담긴 강민의 지공에 명치가 뚫려 쓰러지고 말았다.

아마 지금까지의 데스나이트라면 쓰러진 채 사라진 뒤 인근에서 부활하여 다시 하크마 족장의 마을을 공격해 왔을 것이었다.

하지만 본질인 신성이 깨어진 데스나이트의 시체는 더이상 사라지지 않았다. 대신 그 몸에서 기이한 위엄을 머금은 회색빛이 나타났다.

지금껏 데스나이트의 깊숙이 숨어있는 신성을 알지 못했던 하크마 족장도 표면으로 드러난 신성에 눈을 부릅뜨며 경악한 표정을 지었다. 자신들을 공격하는 상대가 저런 것일지는 꿈에도 몰랐다는 표정이었다.

어쨌든 그렇게 나타난 빛은 한동안 데스나이트의 시체에 머물러 있다가 무언가 부서지는 느낌과 함께 사방으로 흩어져 버렸다.

빛의 흩어짐과 동시에 데스나이트의 시체를 중심으로 반경 백여미터에 순간적인 마나 증발이 발생하였고, 공동화(空洞化)된 마나를 채우기 위해서 사방에서 마나의 흐름이 폭풍처럼 몰아닥쳤다.

"끝났군."

"아직 각성 전이라 그런지 신의 소멸임에도 후폭풍도 거의 없다시피 하네요."

태풍과도 같은 마나폭풍이 불고 있었지만 강민과 유리엘 후폭풍이 없다는 식의 언급을 하였다.

실제로 신이 소멸하는 것은 차원에서도 큰일이었다. 만일 정상적으로 활동하는 신이 소멸하고 그 후폭풍을 제대로 누르지 않는다면, 바다가 뒤집히고 대륙이 끊어지는 후폭풍이 있었다.

그것에 비한다면 지금의 마나폭풍 정도는 아무것도 아

닌 것이 맞았다.

"감사합니다. 강민님. 유리님. 정말 감사합니다. 두 분
이 없었다면 우리 종족은 아마 저 칼리 칸에게 모조리 죽
고 말았을 것입니다."

마나폭풍이 잠잠해지자 이제야 모든 것이 끝났다고 판
단한 하크마 족장은 강민과 유리엘에게 감사의 인사를 표
시했다.

"뭐 덕분에 상황을 파악하고 대비할 수 있게 되었으니
나로서도 잘된 일이지."

"그러게 말이에요. 여기 오지 않았다면 이렇게 신성이
넘어왔는지도 몰랐을테고 혹시 깨어난 신성이 마나축을
장악한다면 곤란할 뻔했어요."

"그래, 나중에 이들에게 데려다 준 벤자민에게도 치하
의 말을 해줘야겠군."

"그럼 우리 돌아갈까요? 해야 할 일도 많은데 말이죠."

유리엘이 당장이라도 돌아갈 것과 같은 모습을 보이자,
하크마 족장은 깜짝 놀라며 말했다.

"이미 밤이 늦었는데, 오늘은 여기서 쉬시는 것이…."

"됐어. 마을이나 잘 정비하도록. 만일 정착에 어려운 점
이 있으면 아까 만났던 유니온의 벤자민을 찾아. 내가 도
와주라 했다면 적극적으로 나설테니 말이야."

"아… 감사합니다. 강민님."

정착 또한 도와준다는 강민에게 하크마 족장은 거듭해서 고개를 조아리며 고마움을 표현했다.

한참 동안의 인사에도 아무 말이 들리지 않자 하크마 족장은 고개를 들어 강민을 바라보려 하였는데, 둘은 어느새 사라졌고 그들이 있던 자리에는 바람만이 가득하였다.

"정녕 신이시구나…."

⁜

그리스와 한국은 6시간의 시차를 가지고 있어, 강민과 유리엘이 일을 마무리하고 돌아온 한국도 아직 모두가 잠든 새벽 시간 대였다. 하지만 지금 둘은 바로 자리에 누울 생각은 없었다.

"일단 결계부터 새로 만들어야 하겠죠?"

"그래, 아무래도 이미 미케아 차원에서 밀려난 신들이 이미 지구로 온 것 같으니 서둘러야겠어."

"그럼 말이 나온 김에 바로 들어가죠."

유리엘의 말에 강민은 고개를 끄덕인 뒤 오른 손에 하얗게 빛나는 기운을 두른 후 위에서 아래로 휘둘렀다.

아무 것도 없는 허공에는 강민의 손짓에 따라 공간의 갈라짐이 생겼고 그 틈을 통해서 강민과 유리엘이 들어갔다.

사실 마나축은 아무 곳에서나 들어갈 수 있는 공간은 아니었지만, 편의를 위하여 마나축으로 가는 공간과 집의 정원을 연결해 놓은 상태라 둘은 바로 마나축으로 들어갈 수 있었다.

끝을 알 수 없는 하얀 공간에는 거대하다 할 수 있는 하얀 기둥이 서 있었다. 그 둘레만 수킬로미터에 달할 정도라 가까이서 본다면 기둥이 아니라 벽으로 보일 정도로 압도적인 크기였다.

그 기둥을 보며 강민이 입을 열었다.

"그래도 많이 회복되었군."

"민이 심어놓았던 기운이 마나흐름을 견디는데 도움을 주어서 그런지 회복이 빠르네요."

둘이 마나축에서 나왔을 때만 하더라도 마나축은 둘레가 수백미터 정도에 불과하였는데 지금은 육안으로도 그때보다 확연히 커진 마나축의 모습을 볼 수 있었다.

마나축이 빠르게 복구되는 것을 확인한 강민은 만족스럽다는 표정으로 고개를 끄덕이며 말했다.

"이대로 조금만 더 회복된다면 설령 주신급 신을 소멸시킨다고 해도 후폭풍에 부러지지는 않겠네."

"나도 결계를 구축할 때 좀 더 편하게 할 수 있겠어요. 들어오기 전만하더라도 방어결계와 동시에 회복결계까지 펼치려고 하였는데, 이대로라면 회복결계는 따로 필요 없

겠네요. 방어에만 집중하니 방어력도 더 올릴 수 있을 것
같구요."

"다행이네."

"그럼 바로 시작하죠."

말을 마친 유리엘은 양손에 마나를 끌어올리더니 기이
한 동작의 수인을 맺었다. 동시에 큰 울림이 담은 영창도
시작하였다.

"@#$%@#$% @@#%$@#% #@$^%@#$% @#%@!#%"

간단한 주문이 아니었는지 그녀의 수인과 영창은 멈추
지 않았다.

얼마의 시간이 흘렀을까 주문을 시작한지 족히 십수시
간이 넘었을 무렵 길었던 그녀의 주문은 세 마디의 시동어
와 함께 마무리 되었다.

"알카리드 바라스 카라트!"

그녀의 주문에 따라서 응집된 어마어마한 마나는 세 마
디의 시동어와 함께 전면의 흰 기둥으로 쏘아져 나가더니
풀어지기 시작했다.

기둥을 중심으로 풀어지는 마나 중 일부는 기둥 안으로
스며들었고, 나머지는 기둥의 표면과 살짝 거리를 둔 허공
에 기이한 문양과 각종 룬문자를 그리기 시작하였다.

대략 십여미터 정도의 폭으로 룬문자와 문양을 남기는
마나는 빠른 속도로 수킬로미터가 넘는 기둥의 둘레를 돌

아가며 결국은 하나의 고리를 완성하였다.

그렇게 처음과 끝이 맞물리는 순간, 마법진은 십여미터의 폭이 아닌 무한으로 뻗은 것처럼 보이는 기둥의 위와 아래까지 쫙악 펼쳐지면서 눈이 멀 것만 같은 광채를 내뿜었다.

"휴~ 이제 끝났네요. 일단 주신급의 신이 와서 장악하려 한다 해도 쉽지는 않을 거에요. 그 전에 충분히 우리가 돌아올 시간이 될 거구요."

"그래, 고생했어."

"마나축을 직접 사역하는 것이 아니다보니 이런 주문은 시간이 많이 걸릴 수밖에 없네요. 이럴 때마다 차라리 마나축을 직접 사역할 수 있는 신이 되는 것이 낫다는 생각이 든다니까요."

"그렇게 되면 그 차원에 묶여 버리니 지금처럼 여행 다니기가 힘들잖아. 뭐 그렇게 해도 차원여행을 계속하려면 방법이 없는 것은 아니겠지만 지금보다 훨씬 번거로울 걸?"

"호호호. 나도 알죠. 그러니까 그냥 이렇게 한 것이죠."

환하게 웃으며 머리를 쓸어 올리는 유리엘을 가만히 바라보던 강민이 조용히 입을 열었다.

"유리엘, 슬슬 우리도 정착 해볼까?"

정착이라는 이야기에 유리엘은 약간 의외라는 표정으로

강민을 돌아보며 반문하였다.

"정착요? 이 차원에서 정착하자는 이야기인 건가요?"

"아니, 이 차원은 이미 만들어진지도 오래되었고 다른 차원과 통합 중인 상태이니 정착하기 좋은 상황은 아니지."

강민의 말에 동의 하는지 고개를 끄덕이던 유리엘은 다른 제안을 하였다.

"하긴 그렇죠. 음…. 그럼 저번에 지나왔던 케스파 차원은 어때요? 아니면 알타리스 차원도 괜찮았던 것 같은데."

하지만 강민이 말하는 정착은 단지 신이 없는 차원의 신이 되는 것을 의미하는 것이 아니었다.

"뭐 그런 곳도 나쁘진 않지만, 새로이 만들어보는 건 어때? 지금껏 나와 유리가 모은 창세력(創世力)을 생각해보면 큰 차원은 아니겠지만 중간 규모의 차원은 충분히 만들 수 있을 것 같은데 말이야."

"그렇겠죠. 흠…. 새로이 만든다라…. 그것도 재미있겠네요. 그런데 이럴 줄 알았으면 본격적으로 창세력을 모아보는 건데 아쉽네요."

"하하. 창세력을 모으자고 멀쩡한 차원을 파괴하거나 신들을 소멸 시킬 수는 없잖아. 광신(狂神)이나 말세에 접어든 차원이라면 몰라도 말이야."

"그렇지요. 말이 그렇다는 거에요. 호호호."

강민 역시 그녀의 말이 단지 아쉬움에 하는 빈말임을 알고 있기에 가볍게 넘기며 말을 이었다.

"어차피 당장 정착하자는 건 아니니까, 계산해보고 모자라다 싶으면 조금 더 여행을 하면서 창세력을 모아도 되겠지."

"그래요. 민도 고향을 찾았으니, 숙원도 해결되었겠다. 급한 것은 없으니 천천히 생각해봐요."

"그리고 여행을 하면서 다시 돌아보기로 한 차원들도 많으니까 그곳들도 돌아보면서 생각을 구체화시켜 보자고."

"간만에 고민해볼 거리가 생겼네요. 호호. 재미있겠어요."

❖

그렇게 강민과 유리엘이 마나축의 결계를 강화하고 있는 동안 지금은 폐허만 남은 브라질의 수도 브라질리아의 인근에서는 정체모를 이들의 회동이 벌어지고 있었다.

정확하게 말하자면 일곱 명의 남녀가 아무것도 보이지 않는 전면을 보며 부복하고 있었는데 전면에는 칠흑과도 같은 어둠만이 가득할 뿐이었다.

누군가를 기다리는지 무슨 이유인지 일곱 명의 남녀는

가만히 엎드리고만 있었는데 그 위로 누군가의 목소리가 들려왔다.

"리퍼스터, 아직도 찾지 못한 것이냐?"

목소리는 엎드리고 있는 일곱 명 중의 한 명이 아닌 전면의 어둠 속에서 흘러나온 것이었다.

두 개의 뿔을 가진 40대 중년인이 목소리가 지칭하는 리퍼스터인지, 그는 목소리의 물음에 더욱 깊이 허리를 숙이며 그의 말에 대답하였다.

"그… 그게 미케아 대륙에서 쏟아져 나온 마나 때문에 마나장이 왜곡되어서 그런지 아직 입구를 찾지…."

"허. [거짓과 기만의 해체자]라는 별칭이 아깝구나. 상급신이라는 것이 이러니 원…."

어둠 속에서 나온 그를 질책하는 듯한 목소리가 나오자 리퍼스터는 다시 고개를 조아리며 사죄의 뜻을 표시하였다.

잠시간의 침묵이 흐르자 일곱 명 중 가장 앞에 있던 검은 옷을 입은 미남자가 입을 열었다.

"바르자크님, 어차피 이 세계의 마나장에는 신의 흔적이 없음을 확인하였는데 조금 여유를 가지셔도 괜찮을 것 같습니다.

"루스틴, 이곳으로 넘어와 처음 했던 말이 생각나지 않는가? 어서 마나축을 장악하고 차원축과 동조를 끝내야 제대로 된 신력(神力)을 발휘 할 수 있지 않겠느냐."

"그렇지만 이곳엔 신이 없으니…."

"쯧쯧, 아직도 이해를 못했구나. 이렇게 차원이 연결된 상태에서 만일 아르포스를 따르는 신 중 하나라도 이곳에 넘어와 우리보다 먼저 차원축과 동조해 버린다면 우리는 이곳에서도 아르포스에게 밀려버릴 수 있을 것이야. 그렇게 된다면 우리가 갈 수 있는 곳이 어디겠느냐!"

루스틴라 불린 불린 상급신은 바르자크의 강한 어조에 더 이상 대꾸를 하지 못하였다. 루스틴의 침묵에 바르자크의 목소리가 이어졌다.

"상황을 알만한 녀석인 너조차도 그런 생각을 한다니… 수천년간의 봉인에서 풀려난 지 얼마 되지 않아 아직 상황 파악을 못하고 있는 것이냐? 참고로 말해주지, 조금 전에 하급신 중 하나가 소멸되었다. 아직 신성이 깨어나지 못한 녀석이지만, 그래도 신인 만큼 불멸의 권능 쯤은 있었겠지."

하급신이 소멸되었다는 말에 일곱 명의 상급신들은 다소 놀란 듯한 모습을 보였다. 그리고 루스틴이 이 일곱 명의 대표인지 그가 나서서 바르자크의 말을 받아 입을 열었다.

"그 말인 즉, 이 세계에 신은 없지만, 신의 불멸을 깨트릴 수 있는 초월자들은 있다는 말씀이시군요."

"그래, 어느 정도 능력을 가진 자인지는 모르겠지만, 오랜 봉인으로 약해져 있는 너희들도 안전하지 않다는 것이다. 어서 마나축을 찾아서 힘을 회복하는 것이 급선무라는 말이지. 이제 리퍼스터에게만 맡겨둘 수는 없겠다. 루스틴 네가 신성이 깨어난 신들을 총 동원해서 마나축을 찾는 일을 최우선적으로 처리하도록 하거라."

"네, 바르자크님."

바르자크의 지시에 루스틴을 비롯한 다른 신들은 다시 한 번 고개를 숙이며 대답하였다.

"좋다. 그럼 난 마나축을 찾으면 그것을 장악할 수 있도록 준비를 하고 있을테니 찾는데로 연락하도록."

"네, 알겠습니다."

이 말을 끝으로 전면에 있는 칠흑과도 같은 어둠을 두르고 있던 바르자크는 사라졌다. 아마 이면의 공간으로 들어가서 힘을 회복하는데 집중하는 듯해 보였다.

바르자크가 사라지고 나자, 자리에서 일어난 루스틴이 바르자크의 뜻에 따라 다른 신들에게 이런 저런 지시를 하기 시작했다.

리퍼스터를 비롯한 세 명의 신은 그의 지시에 따라서 자리를 떠났는데, 붉은 드레스를 입은 미모의 20대 여성과 회색빛 로브를 입은 80대 노인은 이동하지 않고 자리를 지키고 있었다.

그들을 제외하고 다른 신들이 없는 것을 미모의 여신이

약간 고개를 갸웃거리며 루스틴에게 물었다.

"루스틴님, 바르자크님께서 너무 조심스러우신 것 아닐까요?"

"레이나, 아르포스 일당에게 당하신 것이 있으니 당연히 조심스러우시겠지."

"그렇지만…."

레이나라 불린 여신이 루스틴의 말에도 납득하지 못한 표정을 짓자, 노인의 모습을 한 신이 입을 열었다.

"레이나는 모르겠지만, 창세전쟁의 초기 아르포스 일당은 겉으로는 정의로운 빛의 진영이라 표방하고선 뒤로는 갖은 협잡과 배신을 감행했었지. 애초에 바르자크님이 마나축에서 밀려났던 것도 아르포스의 배신 때문이었으니 지금 바르자크님의 행동은 어쩌면 당연하다고 할 수 있겠지."

노인의 모습을 한 신의 말에도 여전히 레이나는 이해가 가지 않는다는 표정으로 그에게 반문하였다.

"렉스님, 저도 그 이야긴 개략적으로는 듣긴 했는데… 그게 그렇게 치명적이었던가요?"

"허허. 레이나는 마나축에서 나오는 무한한 마나를 받아들여 싸워본 적이 없어서 모르겠군. 루스틴은 짧지만 경험이 있지?"

"네, 제가 바르자크님이 마나축을 공유하고 계셨을 때

창조하신 마지막 상급신이였지요. 그 무한한 마나의 힘이 그립군요."

아련한 듯한 표정을 짓고 있는 루스틴을 잠시 바라보던 렉스는 다시 말을 이었다.

"만일 아르포스의 계략에 바르자크님이 마나축만 완전히 빼앗기지 않았다면 결코 아르포스 쪽 진영은 우리 쪽의 상대가 되지 못했을 것이네. 아르포스 역시 그것을 알고 있기에 그렇게 마나축에서 바르자크님을 축출하려 했던 것이고."

"그렇지요. 저 쪽 상급신의 수장인 데시앙을 만나봤는데, 제가 마나만 자유로이 사용할 수 있다면 결코 질 것이라는 생각이 들지 않았지요. 게다가 우리 쪽의 다른 신들도 바르자크님의 성향처럼 창조의 권능보다는 궁극을 위한 수련에 집중하였으니 신들 간의 싸움에서 우리가 질 리가 없었지요."

루스틴의 자신만만한 말투에 레이나는 그제야 이해가 간다는 듯 고개를 끄덕이며 말했다.

"그랬었군요… 저는 그들이 우리보다 강하였기에 우리를 미토스 산맥 너머로 밀어내고 봉인 한 것이라 생각했는데… 그것이 아니었네요."

"그래, 그러니 어서 바르자크님의 말대로 마나축을 찾아. 마나축만 찾아서 이 차원을 장악한다면 훗날 차원통합이 되었을 때 아르포스 쪽에게 제대로 복수 할 수 있을테니 말이야."

✣

둠스데이가 벌어진지도 벌써 1년, 강민과 유리엘이 마나축에서 돌아온 지도 3개월이 넘어가고 있었다.

세계는 빠르게 안정을 찾아가며 이 혼란 속에서 나름의 질서를 찾아갔는데 강민과 유리엘은 처음 생각했던 것보다 바쁜 일정을 보내고 있었다.

"오늘은 연락 없었지?"

"네, 오늘은 그 덜떨어진 신들은 없었어요. 벌써 삼십개체 째네요. 쓸데없이 하급신들을 왜 그리 많이 만들어 놨는지 모르겠어요."

요즘 강민과 유리엘은 미케아 차원에서 넘어온 신성을 소멸시키고 있었다. 신성이 깨어나지 않았다 하더라도 일반적인 능력자로서는 죽여도 사라지지 않고, 죽일 때마다 강해지는 그들을 처리할 수 없었다.

결국 둘은 벤자민의 요청을 받아들여 신성을 머금고 있는 마물들은 그들이 나서서 처리해주고 있는 실정이었다.

"아마 하크마가 말했던 창세전쟁 때문이었겠지. 당시 손발로써 싸워줄 하급신이 필요했을테니 다소 무리해서라도 저런 신들을 찍어낸 것이겠지. 아마 상당수의 마물들도 비슷한 이유로 만들어졌을 걸? 키메라처럼 하나의 종족으로서 기능하지 못하는 마물들이 많다 생각했었는데, 그런 이유라면 충분히 가능성이 있겠지."

강민의 말에 유리엘도 이해한다는 표정으로 고개를 끄덕이며 말했다.

"하긴 그렇겠죠. 어쨌든 마나축만 보호하면 끝이라 생각했는데 이렇게 덜떨어진 녀석들이 많을지는 몰랐네요. 차라리 바르자크라는 녀석이 신계를 형성해 그 덜떨어진 녀석들의 신성을 일깨워 모아주면 좋겠다는 생각도 든다니까요."

"마나축을 장악하지 않으면 신계를 만들기 힘들겠지. 마나축 없이 신계를 만들려면 상당한 창세력을 써야 할 테니 말이야. 어쨌든 지금 잡는 녀석들 중에서 간혹 창세력을 가진 녀석들도 있으니 뭐 완전히 헛수고는 아니잖아?"

"호호. 그렇죠. 어차피 창세를 하려면 창세력을 모아야 하는데 창세력이 있는 녀석들 이렇게 잡을 수 있다는 것도 어찌보면 기회네요. 그렇지만… 음?"

무언가를 느꼈는지 유리엘은 말을 하다말고 갑자기 멈추며 가만히 눈을 감았다. 이내 눈을 뜬 유리엘은 옅은 미소를 띠며 강민에게 말했다.

"드디어 왔네요. 생각보다 오래 걸렸는데요? 이 정도 수준의 차원은신 결계도 알아보지 못한 것을 보니 생각보다 변변찮은 녀석들인가 봐요."

유리엘이 왔다는 것은 그녀가 펼친 결계에 누군가가 접근했다는 말이었다. 그리고 그 누군가는 미케아 차원의 신들일 가능성이 높았다.

"탐색은 하위 신들을 시켰겠지. 주신인 바르자크가 직접 나선 것을 아닐 거야. 그러니 속단하기는 이르지."

"호호. 그렇긴 하지만 수하를 보면 주인을 알 수 있지 않겠어요? 일단 들어가 보죠. 지금 막 마나축에 펼친 결계를 두드리고 있으니 말이에요."

"그래. 가보자."

말을 마친 강민은 전처럼 오른 손에 흰 기운을 두르고 공간을 갈라냈다. 그리고 유리엘과 함께 자연스럽게 잘려진 공간으로 녹아들어갔다.

❖

쾅~ 쾅아~ 쾅아앙~!

"이게 뭐지? 마나축에 결계라니…. 디노, 이 차원엔 신이 없다 하지 않았어?"

결계를 두드리던 30대 초반 정도의 푸른 머리 청년이

어이없다는 듯한 표정으로 옆에 20대 후반 정도로 보이는 노란머리 여성을 바라보며 말했다.

디노라 불린 여성은 마나축에 가까이 다가가 그 곳에 손을 올렸는데, 손이 닿기 직전에 마나축에는 기이한 문양이 떠오르며 그녀가 마나축에 접촉하는 것을 막아버렸다. 바로 유리엘이 펼쳐놓은 결계였다.

"그러게 말이야. 하지만 타쓰, 문제는 단지 결계가 펼쳐졌다는 것이 아니야."

디노는 타쓰에게 이야기하였지만, 그녀의 말을 받은 것은 근육질의 40대 중년인이었다.

"그럼 뭐가 문제라는 것이지?"

"문제는 이 결계의 수준이 너무 높다는 것이야, 테슬. 원리를 파악해서 해제하는 것은 불가능할 정도고, 우리의 힘을 쏟아 붓는다 해도 부수려면 상당한 시일이 소요될 것 같아."

디노의 말에 지금껏 이야기를 하지 않았던 검은 머리의 40대 미부(美婦)가 입을 열었다.

"자세히 봐, 디노. 저 결계에는 자가복구 기능까지 달려 있어서 아무리 우리가 힘을 써도 부술 수 있는 수준이 아니야. 바르자크님이 직접 오셔야 해결 할 수 있을 것 같은데…."

"레딧, 그래도 루스틴님과 우리가 함께 한다면 파괴시킬 수 있지 않을까?"

"글쎄… 지금 우리 네 명이 전력을 다했는데도 생채기 하나 나지 않았는데, 루스틴님이 오신다고 해서 부술 수 있을 것 같지는 않은데…."

레딧의 부정적인 말에도 디노는 아직 포기하지 않았는지 루스틴의 이름을 언급하며 말을 이었다.

"그… 그래도 루스틴님이라면…."

그 때 또 다른 사람의 목소리가 들려왔다.

"일단 한번 해보지."

"루스틴님!"

바로 디노가 기다리던 루스틴이었다. 검은 코트를 길게 늘어트린 루스틴은 회색 로브를 걸친 노인 모습의 렉스와 붉은 드레스의 레이나와 함께 마나축이 있는 공간으로 들어왔다.

흰 공간에 들어온 루스틴은 다른 이들이 그랬던 것처럼 마나축에 다가가 그 표면에 손을 올린 후 가만히 마나를 불어넣기 시작했다.

웅웅웅웅~

루스틴의 마나에 반응하는 듯 마나축의 결계는 그 손을 중심으로 룬어와 형이상학적인 문양을 떠올리고 있었다.

그리고 다른 반투명한 흰빛을 내뿜고 있는 다른 곳과는 다르게 그 손이 있는 곳을 중심으로 결계는 붉게 달아오르고 있었다.

"저기 봐. 역시 루스틴님이라니까. 우리 네 명이 한 번에 두들겨도 색하나 변하지 않던 결계가 붉게 변하고 있잖아."

디노는 자신의 힘으로 결계를 공격하는 것인 양 루스틴의 선전에 으쓱하며 말했다. 하지만 시간이 지나도 루스틴의 손과 결계의 경계면은 붉은 빛만을 보일 뿐이지 그 이상의 변화는 없었다.

이대로는 뚫을 수 없다고 판단한 루스틴은 이제 한손이 아니라 양손을 결계에 대고 내부의 마나를 맹렬히 회전시키기 시작했다.

이전보다 월등히 높은 힘과 압력에 지금껏 붉은 색이었던 결계는 주황빛으로 변해가기 시작했다.

그러나 그 뿐이었다. 아까 전 붉은 빛 때와 마찬가지로 결계는 주황빛 경계면을 유지할 뿐이었다. 바뀐 것이라고는 경계면의 색 뿐이었다.

'크윽… 신도 아닌 단지 초월자가 펼친 결계가 이렇게 강력할 줄이야… 상급신을 이끄는 내가 초월자보다 못하다는 것인가? 그럴 리가 없지!'

다시 한 번 마음을 가다듬은 루스틴은 지금까지 힘에 더해 이번에는 자신의 신성에 깃든 권능까지 깨워서 결계를 파훼하려는 시도를 하기 시작했다.

결계 역시 그에 반응을 하는지 이번에는 노란빛으로 변해가기 시작했고, 이 쯤 되자 주변의 신들도 이 결계가 변해가는 양상을 파악할 수 있었다.

그 중 회색 로브의 노인 렉스가 아직도 결계와 싸우고 있는 루스틴의 옆에서며 그에게 말했다.

"레인보우 배리어와 같은 방식인 것 같군. 그렇다는 말은 아직 네 단계가 더 남아있다는 말인데, 합류하겠네."

루스틴은 대답도 하지 않은 채 고개의 끄덕임으로 그의 뜻을 보여주었다. 루스틴의 끄덕임을 본 렉스는 주위를 둘러싸고 구경만 하고 있는 신들에게 외쳤다.

"다 같이 파훼를 시도해. 마나 파장은 루스틴에게 맞추고, 권능 또한 동원해서 전력을 다하도록!"

렉스의 말에 주변의 신들은 서둘러 루스틴과 나란히 서며 결계에 마나를 주입하기 시작했다.

일곱 상급 신들의 공격이라 결계는 순식간에 초록색을 거쳐 파란색까지 색이 변해버렸다. 레인보우 배리어와 같은 방식이면 남은 것은 남색과 보라색 뿐이었다.

"조금 더 힘을 내! 바르자크님이 오시기 전까지 결계는 파훼하여야 하지 않겠나!"

"으윽!"

"하압!"

"이얏!

다양한 기합성과 함께 일곱 명의 신들은 자신의 남은 힘 마저 끌어내며 결계를 파훼시키기 시작하였다.

더욱 강한 마나가 쏟아지며 결계는 드디어 남색의 빛깔을 보이기 시작했다. 이제 남은 것은 보라색 하나였다.

다들 창세전쟁 때를 제외하고 이렇게 힘을 쓴 적이 없다는 생각이 들었지만, 어떻게든 결계를 뚫어내기 위해서 전 마나와 권능을 동원하여 필사의 힘을 다하였다.

아무도 잠시 쉬었다가 하자는 이야기를 꺼내지 못하는 것은 공격을 멈추는 순간 결계는 빠르게 수복되어 만일 공격한다면 다시 처음부터 뚫어야 할 것임을 알 수 있었기 때문이었다.

하지만 남색의 결계는 더 이상 반응하지 않았고, 모두들 절망적인 기색이 가득하였다.

그 때 흰색 공간에 어울리지 않은 검은 기운이 나타났다. 연락을 받은 바르자크가 등장한 것이었다.

검은 기운을 두른 바르자크는 등장하자마자 자신이 두르고 있는 검은 기운으로 결계를 후려쳤다.

콰아앙!

바르자크가 결계를 가격하자마자 지금껏 남색을 유지하고 있던 결계는 바로 보라색으로 변해버렸다.

"바르자크님!"

바르자크는 상급신들의 외침에도 반응하지 않은 채 자신의 공격을 버텨내는 결계가 불만인지 더 강한 마나를 두르고 한 번 더 결계를 가격하였다.

쿠아앙!

결계는 바르자크의 두 번째 공격마저 버티지는 못했는지 무언가 부서지는 듯한 느낌을 내며 바스라지며 흩어졌다.

결계가 흩어지는 느낌에 바르자크는 몸에 두른 어둠을 걷어내고 만족스러운 미소를 지었는데, 육안으로 보이는 그는 40대 정도의 청수한 느낌을 주는 중년인의 모습이었다.

"하하. 드디어 마나축을 만나는 구나. 저쪽 차원에서 보고 이게 얼마만인지…."

잠시 감격어린 목소리를 내던 바르자크는 손을 뻗어 마나축을 만지려 하였다. 하지만 바르자크는 그 뜻을 이룰 수 없었다.

레인보우 배리어가 사라진 그 곳에 투명한 막(膜)이 나타나 마나축에 접근하는 것을 막고 있었기 때문이었다.

"음?"

작은 신음성을 낸 바르자크는 이 막에 마나를 주입하여 분석을 시도하였는데, 그 결과 이 막은 또 다른 결계라는 것을 알 수 있었다. 마나의 흐름 상 아마 조금 전에 파훼한 결계가 이 결계의 발동 조건인 것 같았다.

옆에 있던 루스틴 역시 새로운 결계의 발동을 느꼈는지 조용히 바르자크에게 말을 건넸다.

"바르자크님, 이것은…."

"그래, 새로운 결계이군. 보통 놈이 아닌 것 같군. 내가 한 번에 파훼할 수 없는 결계라니… 아르포스의 결계와도 맞먹는 수준이겠는데?"

보통의 결계가 아니라 생각했지만 그래봤자 초월자가 펼친 것이었다. 그런데 바르자크가 아르포스를 언급하자 루스틴은 깜짝 놀라는 표정으로 바르자크에게 반문하였다.

"아르포스… 말입니까? 이 결계가 그 정도인 것입니까?"

"조금 전에 파훼한 결계 정도야, 너 역시 마나만 자유로이 다룰 수 있다면 시간이 걸리지 파훼하지 못할 수준은 아닌데, 이 결계는 그 수준을 넘어서는군."

"그렇다면…."

"뭐, 그래도 내가 시간을 들인다면 파훼 못 할 수준은 아니군. 대신 시간이 좀 걸리겠어."

시간만 들인다면 해결할 수 있다는 바르자크의 말에 루스틴은 안도하는 표정을 지었는데, 그를 보며 바르자크는 말을 이었다.

"어쨌든 이 정도 결계를 펼칠 수 있는 자라면 보통 녀석이 아니다. 신성이 깨어나지 못한 하급신을 잡는 것으로 보아 상당한 능력을 지닌 초월자라 생각했는데, 이 결계를 보니 너희들도 감히 대적하기 힘들겠군."

보통 때라면 자존심이 강한 루스틴의 성격상 초월자보다 못하다는 것을 인정하지 않았을테지만, 자신의 능력으로도 파훼가 불가능한 결계와 마주한 지금은 바르자크의 말을 인정할 수밖에 없었다.

어차피 바르자크 조차 한 번에 파훼하지 못하는 결계를 펼치는 자라면 자신의 윗줄인 것이 당연한 일이라 생각하며 루스틴은 내심 고개를 끄덕였다.

"일단 내가 결계를 파훼하고 마나축을 장악하는 동안 너희들은 이 공간으로 들어오는 입구를 틀어막고 있거라. 혹시 이 결계를 펼친 자가 들어올지도 모르니 말이다."

"네, 바르자크님."

그 때 공간의 한 쪽이 갈라지더니 누군가의 목소리가 들려왔다.

"이미 들어와 있는데 어쩌지?"

"누구냐!"

그 아르포스조차 결계의 힘이 없다면 자신의 기감에서 벗어나지 못했는데, 자신의 기감에는 전혀 느껴지지 않았던 두 명의 등장에 바르자크는 약간 당황하며 외쳤다.

"내가 이름을 말한다고 해서 내가 누군지 알겠어? 저 결계를 펼친 사람들이라고 말하는 것이 네가 물어보는 것에 대한 정답에 가깝겠지? 호호호."

실제 결계를 펼친 것은 유리엘이었지만, 그녀 역시 강민이 마나축에 심어 놓은 마나를 이용하여 펼친 결계였기에 함께 펼친 것이라 해도 틀린 말은 아니었다.

다소 놀리는 듯한 유리엘의 어조에 바르자크는 어처구니없다는 표정으로 그녀를 바라보았다.

"허, 네가 이 차원에 있던 초월자인가보군. 신성도 얻지 못한 초월자에게 이런 조롱이라… 이 결계를 믿고 그러는 것이냐? 네 놈들이 얼마동안 이 결계를 준비한지 모르겠지만, 한달 정도의 시간만 있으면 이 정도 결계는 얼마든지 처리할 수 있을 것이다."

신성을 언급하는 바르자크에게 이번에는 강민이 나서며 말했다.

"얻지 못한 것이 아니라 얻지 않은 것이지. 그리고 한달? 그래도 한 차원의 주신이면 일주일 정도면 해결할 수 있을 것이라 생각했는데 생각보다 많이 약해졌나보군. 어쨌든 상태를 보고 괜찮으면 이 차원의 신으로 남게 하려고 했더니 영 상태가 좋지 않군."

강민의 말을 들은 유리엘 역시 바르자크의 상태를 보았는지 고개를 저으면서 입을 열었다.

"그렇게 말이에요. 복수심에 가득 차 있는 것이 이 녀석이 맡으면 조만간에 말세로 진행할 가능성이 높겠어요."

지금 둘이 보고 있는 바르자크의 모습은 복수심에 가득 찬 광신(狂神) 이상도 이하도 아니었다. 주신이라는 높은 격(格) 때문에 이지는 잃고 있지 않았지만, 마치 심마에 사로잡힌 양 복수를 가장 우선 순위에 놓고 행동하는 중이었다.

이런 바르자크에게 지구의 운명을 맡길 수는 없었다. 지금 바르자크의 상태로 미루어 추측해보면, 그가 지구의 신이 된다면 그는 지구의 전 마나를 이용하여 미케아 차원의 아르포스와 대적할 가능성이 높았다.

그리고 아직 차원통합이 이루어지지 않은 상태에서 두 마나축을 사역하는 신들의 대립은 결국 양차원은 둘 다 파멸로 끝날 것이 자명하였다.

바르자크는 자신의 운명을 좌지우지 할 수 있는 것처럼 이야기하는 강민과 유리엘을 보며 다시 한 번 어이없다는 표정을 짓더니, 오른 손을 들어 올려 좌에서 우로 내저었다.

분명 강민과 유리엘을 노리고 한 공격이었으나, 둘은 아무런 공격을 받지 않은 것처럼 나타난 그 자리에 그대로 서 있었다.

"음?"

기대했던 결과가 나오지 않자, 바르자크는 한 번 더 손을 저었지만, 여전히 둘에는 어떠한 피해도 가지 않았다.

"소멸의 권능인가? 이 정도로 권능을 사용하는 것을 보면 결계를 보고도 아직 우리 수준을 짐작 못하는 것 같군."

"그러게 말이에요. 딱히 갱생의 여지가 없는데 그냥 처리해 버리죠. 결계도 남아있으니 처리한다 해도 후폭풍을 충분히 견뎌 줄 것 같아요. 일단 내가 저기 일곱 명을 상대하죠."

바르자크가 나선 이후 상황을 바라보기만 했던 일곱 상급신들은 유리엘의 말에 깜짝 놀라는 표정을 지으며 즉각 전투를 준비하였다.

특히, 루스틴의 주먹에는 한 눈에도 가공할 만한 마나가 담겨 있는 검은 기운이 맺혀 있었는데 유리엘이 말을 마치자마자 문답무용의 일격을 그녀에게 날렸다.

콰앙~!

갑작스러운 루스틴의 공격이었지만, 유리엘은 어느새 자신의 주위에 방어 결계를 펼쳐놓고 있었다.

쾅~쾅~쾅~!

루스틴은 결계를 뚫기 위해서 전력으로 그녀의 결계에 주먹을 내리쳤지만, 결계에는 별다른 흠집조차 가지 않았다.

그런 루스틴을 가만히 보고있던 유리엘이 나지막히 강민에게 말을 건넸다.

"주신의 영향을 받아서 그런지 얘들도 저 바르자크라는 자와 다르지 않네요. 신성을 얻었다는 것들이 복수심만 가지고 있다니, 쯧쯧…."

유리엘의 말을 들었는지 못 들었는지 루스틴은 나머지 여섯 명에게 눈짓을 하였고 조금 전 마나축에 결계를 뚫듯이 일곱 명의 상급 신들은 유리엘을 공격하기 시작하였다.

"우리도 시작해 볼까?"

유리엘이 일곱 명에게 공격 받고 있었지만, 강민은 전혀 신경 쓰지 않는다는 태도로 바르자크에게 말을 건넸다.

"허. 저 여자는 네 반려 같은데 어찌되든 상관없다는 것인가?"

"상관없는 것이 아니라 저 정도 공격으로 유리를 어쩔 수 없다는 것이지."

"자만심이 과하군."

"자만인지 자신인지는 직접 겪어보도록."

그렇게 말을 끝낸 강민의 손에는 어느새 은은한 흰 빛을 발하는 바스타드 소드가 날카로운 날을 빛내고 있었고, 바르자크 역시 어둠의 기운을 뭉쳐서 만들었는지 은은한 검은 빛을 띠는 롱소드를 오른 손에 들고 있었다.

잠시간의 침묵이 어색하다고 느껴질 무렵, 둘은 제자리

에서 사라졌다. 아니 사라진 것처럼 빠른 움직임을 보였다.

챙챙챙챙~채앵~!

이 넓은 흰 공간의 이 곳 저 곳에는 검이 부딪히는 소리만 날 뿐이지 둘의 모습은 어디에서도 보이지 않았다.

그렇게 한참동안 검격 소리만 들려오다 일순간 엄청난 폭음이 들려왔다. 폭음이 그치고 나자 강민과 바르자크는 아까 둘이 처음 사라졌던 곳에 다시 모습을 드러냈다.

"신(神)치고는 검술이 상당한데? 검의 신이나, 무술의 신이라 자칭하는 것들보다도 훨씬 낫군."

일반적으로 신과의 대결은 권능을 파훼하고 본질을 베어내는 싸움이었다. 이렇게 검격을 마주하는 대결이 되는 경우는 드물었기에 강민은 흥미롭다는 표정으로 바르자크를 보며 말했다.

"…대체 넌 누구냐? 신성도 얻지 못한 고작 초월자가 이 정도 능력을 가지고 있을 리가 없다!"

"또 그 소린가? 아까도 말했잖아. 얻지 못한 것이 아니라 얻지 않았다고. 뭐 조만간에 창세(創世)를 해서 직접 신이 될 생각도 있으니 정확히 말하면 이제 곧 얻을 거야."

"무… 무슨 소리냐? 창세를 한다니…"

"아. 신화에 따르면 넌 자연발생적인 신이었지? 그럼 지금 내가 무슨 말을 하는지 모르겠군."

일반적으로 차원에 신이 생기는 경우는 두 가지로 구분할 수 있다. 하나는 바르자크처럼 차원에 가득 찬 마나에서 저절로 의지가 발현하여 신성을 갖는 경우였고, 다른 하나는 강민이 계획한 대로 극도로 깨달은 초월자가 차원을 벗어나서 창세를 하여 그 차원의 신이 되는 경우였다.

후자의 경우에는 전자의 창세 원리나 과정도 알고 있지만, 전자의 경우에는 후자의 케이스를 모르는 경우가 많았다.

"무슨 이야기를 하는지 모르겠군. 어쨌든 네 놈을 처리해야 이 차원을 장악할 수 있을 듯해 보이니 이제 그만 끝내자."

바르자크는 아직도 강민의 내재된 힘을 완전히 알아보지는 못했는지 자신감에 찬 목소리로 말을 하더니 손아귀에 있던 어둠의 검에 더 많은 힘을 부여하였다.

은은하게 빛나던 어둠의 검은 바르자크의 마나에 의해서 칠흑과도 같은 어둠의 검으로 변하였다. 마치 이 흰 공간을 지워낸 것과도 어둠이었다.

암검(暗劍)을 발동한 바르자크는 아주 가벼운 손놀림으로 강민에게 검격을 펼쳤다. 하지만 그 안에 들어있는 기세는 결코 가볍게 볼 수는 없는 것이었다.

파앙~!

번개처럼 날아간 바르자크의 암검은 어느새 꺼내어 든

강민의 암검에 막혔다.

"다크소드까지… 역시 보통 놈이 아니군."

"이게 끝인가? 소멸되기 싫으면 밑천을 더 꺼내 놓아야 할텐데?"

"소멸? 오만하구나. 주신인 나를 소멸 시킬 수 있다는 것이냐? 빛의 신이라 지칭하던 아르포스 역시 날 봉인하는데 그쳤을 뿐이다! 지금 다크소드를 믿고 있는 것인가 본데 다크소드에도 격이 있다는 것을 알려주마!"

분노를 감추지 않은 바르자크는 더 많은 마나를 동원하기 시작했는데 그의 몸 전체가 어둠에 동화되는 듯한 느낌을 주면서 흰 공간을 지워내기 시작했다.

이윽고 바르자크의 몸은 사라지고 그의 몸이 있던 자리에는 직경 삼미터 정도의 암흑구체가 나타나 있었다. 그리고 그 구체는 등장하자마자 강민을 향해 쏘아져 나갔다.

구체는 빨랐지만 지금까지의 공격보다 월등히 빠른 것은 아니었다.

문제는 그 구체가 움직이는 모든 공간이 그 구체에게 흡수되어 버린다는 것이었다. 블랙홀이 모든 것을 빨아들이듯이 구체가 움직인 공간은 모두 검은 빛으로 변해버렸다.

기이한 흡력에 피할 수도 없는 구체를 바라보며 강민은 아무런 기운도 나타나 있지 않는 오른 손을 조용히 뻗으며 구체를 잡아갔다.

콰득!

에너지체와 같은 구체였지만 강민은 마치 실체가 있는 것인양 손으로 구체를 잡아버렸다.

실제로 강민의 손이 닿인 부분은 실체화되어 마치 검은 천을 잡고 있는 것과 같은 모습을 보였다.

구체는 강민의 손아귀를 벗어나기 위해서 꿈틀거렸지만, 마치 땅꾼에게 잡힌 뱀처럼 강민의 손을 벗어날 수 없었다. 그런 구체를 보며 강민은 나지막히 말했다.

"암흑신(暗黑身)인가? 주신이라면 이게 끝은 아닐텐데?"

파르륵~!

강민의 말을 알아들었는지 구체를 잠시 떨리더니 어둠이 풀리며 다시 바르자크의 원래 모습으로 돌아왔다. 다만 검은 로브의 아래쪽이 찢어져 있는 것이 조금 전 강민에게 잡힌 부위를 포기한 대가인 것 같았다.

강민은 오른 손에 있던 검은 천을 바닥으로 흘리며 다시 입을 열었다.

"주신다운 모습을 보여봐. 이것으로 끝인 거야?"

"크윽, 좋다. 나중에 아르포스와 싸우기 위해서 모아둔 힘이지만 지금 널 이기지 못한다면 의미가 없을 것 같군. 하아압!"

바르자크는 기합과 동시에 손에 반투명한 단창(短槍)을

만들었다. 볼품없는 단창의 모양이었지만, 그 속에 담긴 힘은 지금까지 사용했던 그 어떤 힘보다 강대한 파괴적인 힘이 숨어있었다.

이 단창을 유지하는 것만으로도 상당한 힘을 소요하는지 살짝 떨리는 팔에 마나를 부여하여 팔을 바로 잡은 바르자크는 강민을 향해 단창을 던지면서 말했다.

"이것마저도 받아낼 수 있다면 내 승리겠지! 보이드 스피어!

예사롭지 않은 기세의 단창은 강민을 향해 나가갔다. 광검처럼 강렬하게 빛나지도 않았고, 암검처럼 공간을 지워내지도 않았지만, 이 단창에 든 흉포한 기세는 그런 것들은 아무것도 아니라는 듯 요요롭게 날면서 강민을 향해 다가갔다.

피할 생각도 하지 않아 보이는 강민을 보며 바르자크는 회심의 미소를 지으며 승리를 확신하였다.

하지만 강민은 가만히 있는 것은 아니었다. 단창이 바르자크의 손을 떠나는 것과 동시에, 강민의 손에 있던 바스타드 소드에서 암검의 기운이 지워지더니 기이한 반투명 아지랑이가 피어올랐다.

그리고 단창이 강민의 지척까지 다가왔을 때, 강민의 번개처럼 바스타드 소드를 휘둘러 단창을 베어냈다.

콰아아아앙!

바스타드 소드와 단창의 충돌은 공간을 뒤흔들고 마나 축마저 약간 흔들릴 정도의 충격파를 뿜어냈다.

유리엘을 공격하고 있던 일곱 명의 신들도 그 충격에 공격을 멈추고 충격파가 발생한 곳을 바라보았다.

"뭐… 뭐지?"

"바르자크님이 보이드 스피어까지 사용하셨어!"

"그런데 저자가 버틴 것이야?"

그런 말이 나오고 있을 때 유리엘의 목소리가 들려왔다.

"필리아스 케이토른!"

유리엘의 시동어에 그녀를 중심으로 십여미터 정도의 마법진이 떠올랐다. 이 마법진의 범위에는 지금껏 그녀를 공격하던 일곱 명의 신들이 서있던 곳이 다 포함 되었다.

뜻밖의 마법에 순간적으로 당황했는지 일곱 신은 서둘러 마법진 밖으로 벗어나려 하였지만 이미 발동된 마법을 피할 수는 없었다.

그렇게 바닥에 고정되어 버린 그들은 권능까지 동원하여 온 힘을 다해 마법진에서 벗어나려 하였지만 점점 힘이 빠져가는 것을 느꼈고, 결국에는 모두 정신을 잃은 채 바닥에 쓰러지고 말았다.

"루스틴! 렉스! 레이나!"

생각지도 못한 일이 벌어지자 바르자크는 눈앞에 강민이 있다는 것도 순간 잊었는지 아끼던 세 상급신의 이름을 외쳤다.

하지만 이미 정신을 잃은 그들이 대답할 리가 없었다. 대답은 순간적으로 사라졌다 나타난 강민에게서 나왔다.

"이제 할 수 있는 것은 다 했지? 그럼 내 차례군."

바르자크의 눈앞에 나타난 강민의 바스타드 소드에서 황홀할 정도로 아름답게 빛나는 황금빛이 터져 나왔다.

바르자크는 뭔가 섬뜩한 기운에 뒤로 물러나서 바스타드 소드를 피하려 하였지만, 이미 강민의 검은 그가 갈 공간을 선점하고 있었다. 옆으로 물러서도, 앞으로 물러서도 이미 바스타드 소드는 바르자크가 갈 수 있는 모든 공간을 장악하고 있었다.

그리고 아직 바르자크는 눈치 채고 있지 못했지만, 그의 움직임을 따라가며 흘린 황금빛 기운이 그를 감싸는 그물이 되어있는 상태였다. 황금빛 그물이 자신을 포박했다고 느낀 것은 강민의 기합이 들린 다음이었다.

"하압!"

강민의 기합과 동시에 황금빛 기운은 바르자크를 누에고치처럼 둘러쌓다. 황금빛 덩어리가 된 바르자크는 몇 차례 격렬히 꿈틀거렸으나 정신을 잃었는지 얼마 지나지 않아 그 움직임은 멈추고 말았다.

둘을 제외한 모두가 전투불능이 되자, 강민과 유리엘은 서로를 바라보며 씩 웃었다.

"생각이 통했군."

"아무래도 창세력이 아깝잖아요. 그리고 복수심 때문에 신성을 그대로 두긴 힘들겠지만, 그냥 소멸시켜버리긴 불쌍한 녀석들이구요. 보아하니 이들도 아르포스라는 녀석들에게 뒤통수를 맞은 것 같던데 말이에요."

"그렇지. 어쨌든 이제 창세력을 회수하고 신성을 지웠으니 그만 보내주자. 넘어온 신성의 주인이라 할 수 있는 바르자크의 신성 파장을 확인했으니 지구로 넘어온 하급 신들의 신성을 찾아 지우는 것도 어렵지 않겠지.

지금 강민과 유리엘은 이들을 소멸시키는 것이 아니라, 이들의 신성과 창세력만을 회수한 상태였다. 그리고 이들의 존재를 윤회의 고리에 다시 연결하여 영원한 소멸이 아닌 또 다른 기회를 가질 수 있도록 하였다.

물론 능력도 기억도 지운 상태라 다시 전과 같은 힘을 획득하는 것은 지난(至難)한 일이지만, 그래도 소멸보다는 나은 것이었다.

사실 둘에게는 소멸시키는 것이 훨씬 편한 선택이었음에도 이들이 태생부터 악신이라기 보다는 복수심이라는 잘못된 감정에 사로잡혀 다소 어긋나 있었던 것을 감안한 선택이었다.

"그래요. 그럼 문을 열죠. 그리고 이왕 이렇게 된 것 차라리 새로운 기회를 주죠."

유리엘의 손짓에 흰 공간의 일부가 열리더니 푸른 하늘이 나타났다. 그리고 황금빛이 걷힌 바르자크와 일곱 명의 상급신, 이제는 인간이 된 신들이 바닥으로 천천히 내려갔다.

하늘에서 지상으로 내려갈수록 그들의 몸은 천천히 젊어지더니 어느새 모두 아기의 모습으로 변하였다.

다양한 머리색을 가진 아기들은 쌔근쌔근 잠든 채로 강서영이 세운 드림시티의 보육원 앞에 조용히 내려앉았다.

그렇게 미케아 차원을 아우르던 신들은 강민과 유리엘의 손에 평범한 인간이 되어 새로운 삶을 시작하게 되었다.

종장

현세귀환록

종장

　세상에서 바퀴벌레의 적응력이 가장 강하다고 하지만, 지금의 상황을 보면 인간의 적응력도 그 못지않다 할 것이었다.

　둠스데이가 일어난 지 5년밖에 지나지 않았는데, 인간은 둠스데이 전의 문명 수준을 상당히 회복하였다.

　물론 아직 남반구는 몬스터들의 소굴로 어떤 국가도 세워지지 않았고 북반구에도 여전히 많은 몬스터들이 있었지만, 지금 살아남은 사람들은 이제 이런 세상에 적응했다 할 수 있을 정도로 안정을 되찾았다.

　그 중 한국은 과거 영국이 그리고 미국이 그랬던 것처럼 지금 세계의 리더의 역할을 하고 있었다.

그도 그럴 것이 다른 모든 국가가 둠스데이 이후 엄청난 피해를 입으며 결계도시 외에는 대부분의 도시가 파괴되어 버려 국가로서 제대로 된 기능을 하지 못하고 있을 때, 한국만이 유일하게 온전한 국가의 역할을 하고 있었기 때문이었다.

더군다나 이능세계의 세계정부라 할 수 있는 유니온도 한국으로 이주한 상태였기에 지금 한국은 세계의 중심이라고 해도 과언이 아닌 상태였다.

그 한국의 중심에 있는 것이 바로 KM 그룹이었다. 유니온에서 마물의 처리와 능력자의 관리만을 맡겠다고 천명한 이후 그들이 가진 사업은 모두 KM 그룹에 매각을 하였기에, KM 그룹은 일반세계에서도 이능세계에도 엄청난 영향력을 발휘하는 세계 1위의 기업이라 할 수 있었다.

비록 주식시장은 둠스데이 이후 아직 열리고 있지 않아 정확한 가치를 추정할 수는 없지만, 상당한 능력을 지닌 헌터들조차 KM 그룹에 입사하는 것을 목표로 하고 있을 정도로 KM 그룹은 지금 세상에서 가장 선망 받는 위치에 있었다.

그렇게 모두가 우러러 보는 KM 그룹 회장실에 오늘 뜻밖의 손님이 방문하였다.

삐익.

"무슨 일이죠?"

"회장님, 손…님이 오셨습니다."

"손님? 오늘 약속은 없다하지 않았나?"

"네, 그렇습니다만…. 이 손님이 말씀하길 과거 회장님께서 한 번의 기회를 주시며 본인의 잘못에 대한 용서를 받고나면 찾아오라 하셨다고…."

여기까지 듣고나니 강민은 지금 밖에 있는 자가 누구인지 알 수 있었다. 옆에 있던 유리엘도 그의 정체를 알아차렸는지 강민을 바라보며 살며시 미소를 지었다.

"누군지 알겠군요. 들어오라고 하세요."

"네, 회장님."

비서의 말이 끝나자 조심스레 회장실의 문이 열리며 덥수룩한 머리를 한 초라한 옷차림의 남자가 들어왔다.

"강민 회장님. 김유리 감사님. 드디어 붉은 천이 되었습니다. 드디어…. 흑흑흑…."

목발을 짚고 들어온 남자는 스스로의 감정을 이기지 못했는지 바닥에 무릎을 꿇은 채, 고개를 숙이며 흐느꼈다. 이 남자는 바로 과거 악행을 저질렀다 한 번의 기회를 받은 김창민이었다.

과거 김창민은 강민에게 악행을 생각하면 고통을 받는 금고아의 술법과 함께 성불구가 되는 처벌을 받았다가 개과천선을 하며 뉘우친 뒤 유리엘에게서 한 번의 갱생 기회를 부여받았었다.

그것은 자신의 모든 악행에 대한 용서를 받는 것이었다. 당시 김창민은 푸른 천에 자신의 악행을 낱낱이 썼었는데 유리엘의 말에 따르면 모든 용서를 받게 되면 그 푸른 천은 붉게 변한다고 하였다.

지금 김창민의 손에 있는 붉은 천이 그 때의 푸른 천인 것을 보아 드디어 그는 과거 그가 저지른 모든 잘못에 대해 용서를 받은 것이 분명하였다.

"호오. 몇 년이 지나도 소식이 없기에 포기한 줄 알았는데 그게 아니었군."

"어찌… 어찌 제가 포기할 수 있겠습니까…"

이 말을 하는 김창민의 머릿속에 과거의 일들이 주마등처럼 흘러지나갔다. 죄를 저지르는 것은 순간이었지만, 그 죄를 용서받기 위해서 그는 온갖 일을 다 하여야 했다.

물론 당연히 그의 죄를 용서하지 않는 사람들도 많았다. 김창민은 그런 사람들에게 매일같이 찾아가며 자신의 잘못에 대해 용서를 구했고, 그러면서 갖은 욕설을 먹고 구타를 당하기도 하였다.

처음에는 순간적으로 이렇게까지 해야 하냐는 생각도 들었지만, 시간이 지나며 피해자의 고통을 이해하게 되면서 그가 얼마나 큰 죄를 저지른 것인지 뼈저리게 깨달았다.

일년이 넘도록 매일 같이 진심어린 사과를 하는 김창민에게 얼음장 같던 피해자의 마음도 조금씩 녹기 시작했고, 결국은 용서를 받기도 하였다.

가장 어려웠던 순간은 김창민의 잘못으로 자식이 죽은 부모에게 용서를 받는 일이었다. 자식을 죽음으로 몰아넣은 불공대천의 원수를 용서할 부모는 어디에도 없었다.

당연히 김창민이 무슨 방법을 쓰던 그 부모들은 그를 용서하지 않았다. 용서할 생각도 없었다.

그렇게 6개월이 지났지만 그들은 완강했고, 김창민은 푸른 천에 마지막으로 남은 하나의 악행 때문에 결국 용서받지 못하는가라는 탄식만을 하고 있었다.

하지만 그가 할 수 있는 것은 용서를 구하는 일 뿐이었고, 그날도 그렇게 용서를 구하고 있었다.

피해자 부부의 둘째 아이가 부부에게 달려올 때 한 아이를 못 봤는지 한 덤프트럭이 속도를 줄이지 않고 달려왔고, 이대로라면 아이가 그대로 차에 치일 것만 같았다.

그 때 김창민이 달려들어 아이를 구했지만 자신의 한 다리는 덤프트럭에 깔려 으스러지고 말았다.

그렇게 그대로 기절한 김창민이 다시 눈을 떴을 때 피해자 부부는 김창민의 악행이 담긴 푸른 천에 용서한다는 글을 써주었고, 그 순간 푸른 천은 붉게 변했다.

김창민은 이런 사실을 구구절절이 말하지 않았지만, 유리엘이 붉은 천을 쥔 순간 그녀는 그 속에 담긴 이야기들을 다 알 수 있었다.

그녀가 건 마법은 그런 식으로 작동하게 되어 있는 마법이었기 때문이었다. 상황을 파악한 그녀는 강민에게도 심어를 통해 간략히 그의 상황에 대해서 전해주었다.

"고생했군."

강민이 보는 김창민은 지금 완전한 선인이라 할 수 있었다. 악행을 떠올리면 고통을 주는 금고아의 술법이 작동하지 않은지도 벌써 십여년 가까이 되어 유명무실한 상태였다.

남은 금제는 성불구의 금제뿐이었다.

"그런데 그 때 곁에 있던 여성은 이렇게 시간이 지났는데 아직도 네 옆에 있는 것인가?"

"…네…. 그녀가 없었으면 전 결코 버티지 못했을 것입니다…."

"그렇군. 좋은 사람을 만났군."

그렇게 말을 마친 강민은 손가락으로 김창민을 가리켰고 순간적으로 강민의 손가락이 빛나는 것 같더니 김창민의 몸에 황금빛 기운이 스며들었다.

"으음…."

"이제 금제는 풀렸어, 그동안 고생했다. 이 방법을 해낸 자는 그리 많지 않아. 비록 과거에 너는 악인이었지만 지금은 네 스스로에게 자부심을 가져도 좋을 것이야."

"크흑…."

감격과 허탈감이 동시에 드는지 김창민은 아직 자리에서 일어나지도 못한 채 눈물만 흘리고 있었다. 그 모습을 보던 유리엘이 조용히 입을 열었다.

"고생 많았으니 이 정도는 서비스라 생각해."

그렇게 말을 마친 유리엘은 손가락을 튕겼다.

딱~!

그 순간 김창민의 주위로 마나가 활성화 되더니 의족을 붙여놓은 왼쪽 다리가 덜컹거리기 시작하였다.

그러나 어느 순간 덜컥하고 의족이 빠져버리더니 사라진지 몇 개월이 된 그의 왼다리가 서서히 재생되기 시작하였다.

"아…."

왼다리가 완성될 때까지는 그리 오랜 시간이 걸리지 않았는데 김창민은 새로이 생긴 왼다리를 보면서 다시 한 번 감격의 눈물을 흘렸다.

"감사합니다. 정말 감사합니다."

"그래, 앞으로는 죄 짓지 말고 착하게 살아."

"네, 그래야죠. 네."

죄 값의 무게를 아는 김창민은 이제 더 이상 죄를 짓지 않을 것이었다.

그렇게 김창민을 보내고 난 뒤 강민은 또 누군가가 생각났다는 듯 다른 사람의 이름을 언급하며 그의 상태를 물었다.

"아. 그 때 최현호인가 하는 녀석은 어떻게 되었지?"

최현호는 이 차원으로 돌아온 지 얼마 되지 않았을 때 유리엘을 노리고 접근했던 SG엔터 사장의 아들이었다. 당시 진정 사랑하는 사람 말고는 성관계를 할 수 없도록 마법을 걸었는데 지금 강민은 그의 상태를 묻는 것이었다.

"그 녀석은 죽었어요."

"죽어?"

"네, 성관계를 할 수 없으니 처음에는 무술 같은 것을 배웠는데, 결국 그것도 포기하고 변태적 성관계로 성욕을 만족시키려고 했죠. 그러다가 한 무도가에게 걸려서 맞아 죽었네요."

"그렇군. 역시 사람은 변할 수 있는 사람과 그렇지 않은 사람이 태생부터 다른 가보군."

"네, 그런 것 같아요. 사람 속은 알 수가 없는 일이겠지요."

❖

시간은 흐르고 흘러 강민의 어머니 한미애가 92세의 나이로 천수를 누리고 영면에 들어갔고, 이후 강민의 동생 강서영 역시 98세가 되어 생명의 불꽃이 꺼질 상황이 도래하였다.

KM 병원의 최상층에는 그녀의 마지막 가는 길을 지켜보기 위해서 십수명의 사람들이 조용히 자리를 지키고 있었다.

며칠째 의식이 왔다 갔다 하는 강서영이었지만 오늘은 웬일인지 정신이 또렷해보였다. 마치 꺼지기 직전의 촛불이 빛나는 것처럼 보이기도 하였다.

"오빠, 정말 돌아와줘서 고마웠어. 그 때 오빠가 돌아오지 않았다면 엄마랑 내가 어떻게 살아갔을지 감히 상상도 안 돼."

호호 백발의 할머니가 된 강서영이었지만 강민은 그녀의 머리를 쓸어넘기며 조용히 대답했다.

"고맙기는. 내가 고마웠지. 나 없는 동안 고생 많이 한 거 잘 알아.

강서영은 이번에는 유리엘을 돌아보며 말했다. 강서영은 90살이 넘는 할머니가 되었지만 유리엘은 여전히 50대의 미부로 밖에 보이지 않았다. 이것조차 다른 이들과 시간의 흐름을 맞추기 위해서 억지로 신체를 노화시킨 것이었다.

"언니, 언니도 정말 고마웠어요. 앞으로도 우리 오빠 잘 부탁 드려요."

"그래, 민은 걱정 마. 언제나 내가 함께 할테니 말이야."

이번에 그녀가 바라보는 사람은 수십년간 그녀의 옆자리를 지켰던 그녀의 남편, 최강훈이었다.

"여보…. 나 먼저 가 있을테니 천천히 와요. 그래도 성우랑 성현이가 결혼하는 것은 다 보고 가서 다행이네요."

시간의 흐름에 따라 중후한 노인이 되어버린 최강훈은 강서영의 말에 대답조차 못한 채 빨갛게 충혈된 눈으로 눈물만을 흘릴 뿐이었다.

"여보, 사랑해요. 그리고 고마웠어…."

결국 심지가 다 타 꺼져버린 촛불처럼 마지막 말을 남긴 강서영은 조용히 눈을 감았다. 그렇게 그녀의 죽음을 확인한 최강훈은 그제야 내뱉지 못한 울음소리를 밖으로 터트리며 안타까움의 눈물을 흘렸다.

"흐흑…. 흐흐흑…."

최강훈의 눈물에 강서영의 죽음을 알아차렸는지 최강훈과 강서영의 두 아들 최성우와 최성현 역시 어머니를 부르며 그녀의 몸에 엎드려 같이 울음을 터트렸다.

"어머니!"

강서영의 장례 절차는 성대하고도 성대하게 치러졌다. 드림시티를 창설한 드림시티의 어머니라 할 수 있는 강서영을 은인으로 생각하는 사람들은 너무나도 많았기에 그녀의 장례식에는 수십, 수백만의 인파들이 몰려왔다.

그렇게 강서영의 장례식이 끝나고 난 뒤 강민과 유리엘은 세 사람을 KM 그룹의 회장실로 불러 모았다. 바로 최강훈, 정시아, 그리고 엘리아였다.

지금까지 50대 정도의 나이를 보이고 있던 강민과 유리엘은 지금 과거 그들이 지구로 왔을 때와 마찬가지로 20대의 모습을 하고 있었다.

회장실에 들어온 세 명은 강민과 유리엘의 모습을 보고 둘의 뜻을 짐작할 수 있었다. 잠시 간의 침묵으로 서로를 바라보다 먼저 최강훈이 입을 열었다.

"형님의 그 모습은…. 이제 떠나시려고 하시는 것인지요?"

"그래. 애초에 난 가족들이 살아있을 때까지만 여기 머물 생각이었지."

"오빠 정말 떠나는 건가요? 우리도 가족과 같이 지냈잖아요. 가실 거면 저도 데리고 가세요!"

뱀파이어 종족의 특성상 정시아는 예전 그 모습 그대로였기에 애교를 부리는 것이 어색하지가 않았다.

그런 정시아의 머리를 흐트러트리며 강민이 말했다.

"유니온 총재가 된지 이제 얼마나 되었다고 그런 소리냐? 그리고 드미트리와 한창 깨 볶으며 살고 있다는 소식이 들리는데 마음에도 없는 소리 하지 마."

벤자민이 천수를 다해 죽고 난 후 유니온의 총재 자리에 오른 것은 정시아였다. 루시페르를 이끄는 드미트리가 받쳐주고, 백두일맥과 백록원의 주인들까지 그녀를 지지하자 그녀의 취임을 막는 사람은 없었다.

물론 애초에 강민이 그녀에게 총재를 할 것을 권하였고 그녀가 승낙한 이상 누구의 의견도 필요가 없었지만, 표면상으로도 그녀가 총재가 되는 것이 당연한 흐름이라는 의미였다.

이제는 백살이 훌쩍 넘은 엘리아는 강민과 유리엘이 떠난다는 말에 다소 당황해하며 말했다.

"유리님… 저는 평생 유리님을 모시기로 하였는데….”

"그래 그 마음 고마워. 하지만 지금 네 몸 상태로는 차원이동을 버티지 못할 것 같구나. 10서클에만 올랐어도 어떻게 해보겠는데 9서클로는 힘들 것 같아.”

"몸을 버리더라도 영혼이라도 따라가고 싶습니다.”

어차피 천수가 얼마 남지 않은 몸이었다. 아직 윤회의 고리를 벗어나지 못하였지만 엘리아는 어떻게든 유리엘과 함께 하고 싶었다.

그렇게 자신의 의지를 강하게 피력하는 엘리아를 보며 유리엘이 다소 곤란하다는 표정을 짓자 옆에 있던 강민이 유리엘에게 말을 건넸다.

"저렇게 의지가 강하다면 봉인한 후에 우리가 만들 차

원에서 다시 신체를 줘도 되겠지."

"그렇지만 봉인은⋯."

얼마의 시간이 걸릴지 모르는 채 좁디좁은 공간에 정신을 유지한 채로 봉인이 된다는 것은 미치기 딱 좋은 방법이었다. 과거 직접 그것을 겪어본 유리엘은 그 사실을 누구보다 잘 알고 있었다.

하지만 무언가 유리엘을 따라갈 방법이 있다고 생각한 엘리아는 두 번 생각하지도 않고 그녀에게 외쳤다.

"봉인이 되어서라도 유리님을 모시고 싶습니다."

엘리아의 말에 가만히 그녀를 바라보던 유리엘은 그녀의 말이 진심임을 알고 가볍게 한숨을 쉰 뒤 입을 열었다.

"후회할지도 몰라."

"아닙니다."

"그렇다면 알겠어."

무언가 주문을 외우려는 유리엘을 잠시 막고 강민이 먼저 말을 꺼냈다.

"그대로 봉인하기 보다는 일단 내가 영육의 시간을 멈추는 것이 나을 것 같군."

"그렇겠죠?"

"엘리아. 마음을 편히 먹도록."

그 말이 엘리아가 들은 마지막 말이었다. 강민의 손에서 푸른색 기운이 나와 그녀를 옭아매었고, 이어 유리엘의 주문이 발동되며 엘리아는 하나의 구슬로 변해 유리엘의 아공간으로 들어가 버렸다.

아직 마지막 인사를 못한 것은 최강훈 뿐이었다. 강민은 잠시 최강훈 눈을 맞추며 눈빛으로 마음을 주고받은 뒤 말을 꺼냈다.

"강훈아."

"네, 형님."

"그간 수고했다."

"아닙니다. 형님. 형님 덕분에 이 자리까지 오를 수 있었지요. 정말 감사드립니다."

"네 노력이 아니었다면 불가능 했겠지. 어쨌든 KM 그룹은 네게 맡기마. 이미 법무팀을 통해서 절차는 마무리 해놨으니 네가 잘 운영해."

"형님… 저는 무인(武人)으로 살다가…."

"됐고, 네 앞으로 해놨으니 네가 알아서 처리해. 어차피 성수랑 성현이가 처리하겠지.

어차피 강민과 유리엘 사이에 자식이 없었기에 지금 강민의 핏줄을 이은 혈육이라곤 강서영의 두 아들 뿐이었다.

최강훈 역시 그 사실을 알고 있었기에 더 이상 그의 말을 거부하지는 않았다.

"어쨌든 그간 즐거웠다. 그럼 잘 있도록 해."

"그래 이별이 길면 좋지 않다지? 그럼 잘 있어~"

그렇게 말을 마친 강민과 유리엘은 전면의 공간을 찢으며 그 사이로 들어가 버렸고 더 이상 둘의 기감은 이 세상 어디에서도 느껴지지 않았다.

"형님! 누님!"

"오빠!"

✢

푸르른 녹음이 짙은 숲의 상공에 나타난 강민과 유리엘은 새로운 공기를 맡는다는 듯 크게 숨을 내쉬었다.

"오랜만의 차원이동이었네요."

"그래, 그렇지만 마나가 동일하니 차원이동한 느낌도 들지 않네. 그렇지 않아?"

"뭐 그렇긴 하네요. 그럼 어서 여기 볼 일만 보고 다른 곳으로 가봐요. 이젠 신체 재구성도 쉽게 할 수 있으니 더 빨리 적응할 수 있을 테니 말이에요."

"그래, 저기 마나축이 보이는 군."

"꽤나 자연주의적인 녀석인가 봐요. 마나축의 공간을 자연으로만 꾸며 논 것을 보니 말이에요."

그렇게 대화를 나누며 둘이 날아간 곳에는 흰색 로브를 걸친 40대 중년인이 서 있었다. 중년인의 둘의 등장이 뜻밖이라는 듯한 표정을 지으며 둘에게 말을 건넸다.

"네 놈들 누구냐? 어떻게 이곳에 들어온 것이지?"

그 40대 중년인의 말에 강민이 씩 웃으며 말했다.

"바르자크의 부탁이라면 알려나? 아르포스?"

〈完〉